回憶中的

香港味道2

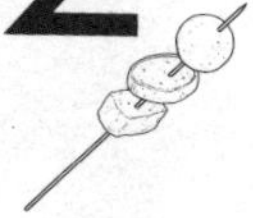

何故——著

陳明——插畫

回憶中的香港味道

目錄

序幕

香港熱帶氣旋名字建議：芫荽！

7 ｜ 香港熱帶氣旋名字建議：芫荽！

我偶然發現「香港天文台」的「熱帶氣旋名字徵集活動」，作為「香港芫荽黨」的海外活躍黨員，我當然第一時間建議「芫荽」！

我登入是次活動的專屬網站，在「熱帶氣旋名字（中文）」的一欄，輸入了「芫荽」，中文名字要求是二至四個中文字，完全沒有問題。

然而，問題在「熱帶氣旋名字（英文）」的一欄，限制最多九個英文字母或連字號，「芫荽」的英文究竟是什麼呢？會是在九個英文字母或以內嗎？

我立即上網搜尋「芫荽」的英文翻譯，答案竟然是「Parsley」？不會吧！在我的記憶中，「Parsley」應該是番茜或香芹吧！「芫荽」的正確英文究竟是什麼？

其後我輾轉找到「Coriander」和「Cilantro」兩個詞語，雖然都是正確的英文翻譯，而且都符合最多九個英文字母或連字號的要求，卻不夠地方特色，欠缺了一點香港文化色彩！

經過了一瞬間的思考，我在「熱帶氣旋名字（英文）」的一欄，輸入了「YimSai」

六個英文字母，即是「芫荽」的廣東話拼音。

「芫荽」的「芫」，一直有兩個廣東話的讀音，分別是「嚴」（jim4）和「原」（jyun4），但我從少就習慣稱之為「嚴西」，所以選擇以「YimSai」作為這個熱帶氣旋的英文名。

最後，在「名字的意思及與香港的關聯」一欄，可以中文或英文書寫，字數限制是五至一百字，我填寫了「回憶中的香港味道」。

然而，我擔心評審未必認同，因為很多不喜歡，甚至討論吃芫荽，立即加多一句「一種香港常見的食用植物」，但又覺得說服力有點不足夠，果斷補充一句「即使再難吃的菜式，只要加了芫荽，就會變成人間美味」。

提交後，我突然靈光一閃，為什麼我不建議其他香港味道作為熱帶氣旋名字？

我翻查是次活動的條款及細則，發現每位參加者可提議多於一組名字，開始認真思考值得作為代表香港的熱帶氣旋名字的香港味道。

我想起一個又一個仍然留在香港的舊朋友，以及他們喜歡的香港味道……

第一章

第一個半天的應援

我是一個初入行的助理製片。

今日是我第一天上班，想不到一上班就要面對重大災難！

今日是「黃道吉日」，宜祭祀、修造、動土，幾乎台前幕後全員齊集，一起舉行開鏡拜神儀式。

※

我有份參與的電視劇，不是大台的製作，全靠製片霖哥的人脈，所以得到很多贊助。

在某個商場的全力支持下，劇集的主要場景之一，就是在商場內搭建了三分一間桑拿浴室。今日的開鏡拜神儀式，就是在這個商場的露天空地舉行。

今日的通告，是上午九時開始。拜神儀式的吉時前，監製 Patrick 和導演

Keith，連同主要演員和導演組，已經在「桑拿浴室」拍攝了幾場戲。

開鏡拜神是一個儀式，即使尚未進行這個儀式，實際拍攝其實早已開始了。今日這個重要的日子，與其說是開鏡拜神，反而更像是一個記者會。

作為一個新人，加上第一天上班，我不敢遲到，雖然昨晚興奮得睡不著，我卻比通告上的時間提早到達，發現霖哥正在商場內的茶餐廳吃著早餐。

「你吃了早餐嗎？」

「今早出門前，吃了個杯麵。」

「你今日要打醒十二分精神，先吃個『醒神早餐』吧！」

這裡的「醒神早餐」，簡單說是粉麵套餐，但比其他茶餐廳有更多選擇。

除了常見的沙嗲牛肉麵、五香肉丁麵、雪菜肉碎湯米粉、蕃茄濃湯通粉和仿鮑魚火腿通粉，竟然還有雜菌肉碎湯銀針粉！另外亦有精選雙拼麵，粉麵可以選通粉、意粉、米粉、米線和即食麵，加三元可以轉出前一丁。

粉麵套餐可以在煎蛋、嫩滑炒蛋、餐肉、腸仔和火腿中任選兩款配料，其他茶餐廳的早餐，多數是配餐包或多士，這裡卻可以加錢轉蘿蔔糕。

——蘿蔔糕？有點搞笑！

「醒神早餐」除了粉麵，還有「歐陸精選」，可以選擇吉列魚柳、香煎牛扒、燒汁豬扒或脆皮雞扒，價錢也因為「歐陸」而較為昂貴。

——何時香港的茶餐廳也會有「日式早餐」呢？

「你第一天上班，這餐我請客吧！」

多謝霖哥！我點了較為特別的雜菌肉碎湯銀針粉，配嫩滑炒蛋、腸仔和多士，我真的接受不了蘿蔔糕！餐飲是熱齋啡。

「為什麼要來做助製？」

「因為畢業後一直找不到工作……」

「Patrick 沒有說錯，你果然十分誠實！其他人只會說些冠冕堂皇而且自欺欺人的廢話！」

助理製片，是拍攝現場的基礎人員，負責支持電影、劇集、電視節目等拍攝現場的工作。助理製片的工作內容繁雜，可能每天要做的事情都不一樣，職責包括但不局限於：幫助採購並整理道具，駕駛車輛，支持機組人員，基本的文書工作，清潔片場設備，輔助維持片場秩序等，偶然還會客串做茄喱啡。

「做助製，最重要是懂得『臨場執生』！你可以嗎？」

「應該可以。我讀大學時有選修『活動策略』，論文題目是『Re-understanding the different Theories in Event Management』……」

「你曾經實際策略什麼活動？」

「我老師邀請了某位著名導演來學校分享，我負責這個分享會的雜務……」

「片場如戰場，每天在打仗！最重要的不是什麼 theory，而你的 body！」

——我的 body……!?

「你今日將會十分忙碌，你先幫手開鏡拜神儀式，然後負責處理『應援』。」

「『應援』？」

「粉絲買給他們偶像和劇組的『應援品』。」

應援文化源自日本，起初是為運動員打氣的一種方式，後來由韓國發揚光大，發展出五花八門的應援方式，例如在偶像生日時，粉絲們會在各處顯眼的公眾地方設置祝福廣告，甚至會為偶像發行唱片等。每位偶像又會為粉絲安上有含義的特別名稱，亦會有其專屬的應援顏色。

近年，應援文化在香港流行起來，並且演變出五花八門的模式，包括但不局限於：購買不同的美食，送給他們偶像和劇組。

「今日會有什麼『應援品』？」

「我不會告訴你的，否則，就沒有神秘感了！」

霖哥刻意在吊我胃口。

「你還有什麼問題？」

我遲疑地搖一搖頭。

「好！開工！」

其實我還有一個問題：為什麼我會這麼幸福，可以中途加入這個星光熠熠的劇組？雖然我在大學時的老師認識這套劇集的監製 Patrick，但是怎會突然有空缺的呢？難道……？

※

我隨霖哥來到拍攝現場，不同崗位的工作人員都在努力中。

正在拍攝的是其中一場重頭戲。這場戲的演員除了男主角克哥、兩位女主角——偶像派的 KaKa 姐和實力派的 Angel 姐，以及喜歡惡搞的甘草演員鬼叔叔，更重要是四人偶像組合的全體成員——隊長FB、大Dee、三爺和金毛。

第一次身處拍攝場地，在這麼近的距離看見明星，而且是和他們一起工作，我有種好夢幻的感覺！

霖哥突然拍了拍我肩膀，讓我從夢幻中回到現實。正式開始工作，我在道具組的協助下，在商場一隅安置了多張長枱，準備擺放不同「應援」。

第一份「應援」，竟然並非來自演員們的粉絲，而是來自我父母都很喜歡，但我對他沒有興趣且一無所知的鬼叔叔。

鬼叔叔突然向我揮手。當我來到他的面前，他露出一個詭異的搞笑表情。

「你就是那個有背景的新人？」

「鬼叔叔，我第一天上班，請多多指教！」

「你是監製的人，應該是你指教我。而且……」

「而且？」

「你這個是『肥缺』啊！」

——「肥缺」……？！

——這個不是普遍的空缺，竟然是「肥缺」……？！

鬼叔叔不知從什麼地方變出兩個外賣盒，像頒獎般隆重地交了給我。

「我將這兩個寶盒交給你，勞煩你拿去和大家分享！」

當我將這兩盒「應援」放在長枱上，我忍不住偷偷打開這兩個「寶盒」，發現竟然是厚切的肥叉燒，以及半隻油雞！

鬼叔叔突然從後出現，鬼鬼祟祟地伸出兩手，偷走了肥叉燒和油雞髀肉各一件！

「叉燒一定要食肥，食雞一定要油膩！」

鬼叔叔一邊吃著肥叉燒和油雞髀肉，一邊唱著歌離開。我嚇傻了！

這時候，霖哥剛巧拿著一包垃圾膠袋回來給我。

「霖哥，這是鬼叔叔的『應援』……」

「這些不是『應援』，演員請大家吃的，是『萬歲』。」

我仍未搞清楚是什麼一回事，霖哥突然大叫一聲。

「多謝鬼叔叔『萬歲』！」

部份手上沒有工作的，都為鬼叔叔叫好。

「你放置好垃圾膠袋，跟我一齊去接燒豬吧！」

※

開鏡拜神儀式前，除了一早已開始拍攝重頭戲的幾位主要演員，其他的配角和友情客串，連同演員的經理人，以及電視台的高層，都紛紛到達拍攝現場。

我協助霖哥處理拜神的物資。除了金豬一隻和熟雞兩隻，還有豬脷兩條、紅腸兩片，以及一些水果。

我第一次看見全隻燒乳豬，忍不住拿出手機，從不同角度拍攝。

「原來你喜歡拍照。」

「我可以放上網上嗎？」

「這隻燒豬，當然可以！其他的，你自己想清楚吧！」

霖哥將兩片紅腸，分別放在兩隻熟雞的嘴裡。我很好奇，就問了霖哥。

「之前拜神上香，需要準備原隻熟雞連內臟，但是現代人貪方便，就用一片紅腸代替內臟。」

「這樣……會否不太老實？」

「你知道開鏡拜神最重要的是什麼？」

「燒豬和雞？……監製、導演和主角？我知道了！是老闆！」

「是香祝和打火機！」

我愕然傻笑。

「你不抽煙？」

「我不抽煙。」

霖哥突然將他的打火機交了給我。

「記住！即使不抽煙，每天開工也要帶火機。」

準備好香祝，擺放好祭品，霖哥交了一個重要任務給我，就是拍攝開鏡拜神儀式的花絮。

「師傅切完了燒豬，你叫他給你一份『燒豬三文治』吧！」

——「燒豬三文治」……？！

開鏡拜神儀式正式開始前，不同類型的記者逐漸齊集，由電視台的公關人員接待，我專心拿著手機拍攝花絮，我對燒味師傅特別有興趣，拍攝了他切燒豬的過程，可能跟我喜歡吃燒味四寶飯有關……

「記住，導演要豬頭，監製要豬脷，Angel 姐就要沙梨篙！記住，不要搞錯！」

這位燒味師傅，肯定是經驗老到！只見他手起刀落，很快就將大大隻燒豬，切成一片片尺寸均等的小塊，而且，他切燒豬的聲音，有一種獨特的節奏感，就像是個激情澎湃的鼓手。

「師傅，我想要一份『燒豬三文治』……」

師傅對我露齒一笑，隨即挑起兩塊燒豬脆皮，以巧勁起走肥膏後，夾著一片燒豬的面頰肉，豪邁地遞了給我。

這就是「燒豬三文治」！

燒乳豬皮好香脆，豬面頰肉好嫩滑，好味到我不懂得怎樣形容！

最重要是每隻燒乳豬只可以製作兩份「燒豬三文治」，非常矜貴！

我突然感到好幸福！我慶幸可以加入這個劇組！可以遇見不少明星，也可以學到很多書本裡沒有的知識！

導演 Keith 愛吃豬頭，因為豬頭寓意鴻運當頭，他每次開鏡拜神後，都會拿豬頭回家加皮蛋煲粥。監製 Patrick 愛吃豬脷，因為豬脷寓意拍攝順利。Angel 姐愛吃沙梨篤，因為……

——什麼是沙梨篤？

「沙梨篙，即是豬的臀部，約九成是瘦肉，脂肪只是一成，好多人特別喜歡吃這個位置，例如 Angel 姐！」

這位燒味師傅，果然是經驗老到！令我長知識了！

「你闖禍了！你竟然吃了克哥最愛的『燒豬三文治』？」

突然一股寒意！鬼叔叔飄過我的身後，嚇了我一大跳。

「我……不知道克哥……是霖哥叫我……」

「克哥近年開始食素，鬼叔叔只是跟你開玩笑！」

虛驚一場！燒味師傅揭露真相後，鬼叔叔哈哈大笑地離開。

燒味師傅放工後，在後巷抽煙時，我用霖哥給我的火機為他點煙……

※

拜完神，眾星接受訪問時，我將師傅切好的燒豬和切雞，分發給不同部門，豬頭給了導演 Keith，豬脷給了監製 Patrick，沙梨篙給了 Angel 姐，沒有搞錯！餘下的燒豬和切雞，連同拜神的生果，妥善地擺放在長枱上，不同的「應援」已分批送到達拍攝現場。

嘩！克哥粉絲的「應援」是茶餐廳的炸雲吞、瑞士雞翼和烘底公司三文治[1]。每款各有兩大盤，已佔用了長枱的大部份位置。

嘩嘩！FB粉絲的「應援」是在「姜濤茶餐廳」[2]購買的酥皮蛋撻和忌廉筒[3]。長枱快沒有位置了，我將其中一盤三文治放在另一盤之上。

嘩嘩嘩！金毛粉絲的「應援」是港式街頭小食咖哩魚蛋和魚肉燒賣，配特製的

註1：公司三文治，英文是「Club Sandwich」，是用煎蛋、火腿、蔬菜、芝士、煙肉和番茄等不同食材製作而成。多數會製成雙層，切成四等份，並用牙籤穿好，方便進食。

註2：位於油麻地的永發茶餐廳，因為是姜濤主演電影《阿媽有咗第二個》的拍攝場地，因此被稱為「姜濤茶餐廳」。

註3：忌廉筒，是不少香港人的童年回憶，香港茶餐廳快要失傳的懷舊美食。金黃的三角酥皮筒，外層香脆鬆化，筒內擠滿了幼滑的忌廉，咬下去充滿口感，且有淡淡的酥皮油香。

辣椒油。長枱已沒有位置了，我要再想辦法，立即向道具道借了一架手推車，將汽水將罐裝飲品放在車上。

嘩嘩嘩嘩！三爺粉絲的「應援」是由他的咖啡店出品的樽裝咖啡、港式奶茶和鴛鴦。大Dee哥粉絲的「應援」就是四款樽裝涼茶：雞骨草[4]、五花茶[5]、

註4：雞骨草，是豆科相思子屬的一種爬藤植物，常見於中國華南地區，具清熱利濕、益胃健脾的功能。因本種首先發現於廣州白雲山，故而有廣州相思子之稱。雞骨草的種子有毒須除去豆莢後，乾燥全草入藥。中藥名為雞骨草，始載於《嶺南採藥錄》，味甘、苦，性涼，無毒，歸心、肺、肝、胃、腎經，中醫歸類為清熱解毒藥、疏肝藥，虛寒體弱者慎用。

註5：五花茶是一種中國民間傳統飲品，廣東人常飲的涼茶之一，味甘性微寒，主要功效是清熱、解毒、消暑去濕、減低腸胃刺熱、利小便、涼血、預防夏季風熱感冒及流行性感冒，尤其適合夏天時飲用。五花茶沒有固定配方，大部份涼茶店或五花茶湯包都會用金銀花、菊花、槐花、木棉花和雞蛋花這五種花。

羅漢果[6]和夏桑菊[7]。我將一箱又一箱的樽裝飲品，細心地放在手推車上……

今日我們在這裡，究竟是拍攝劇集？抑或是開大食會？

在我為了處理「應援」而疲於奔命時，鬼叔叔再次像鬼魂般在我身後出現。

註6：羅漢果，俗稱「神仙果」，是葫蘆科多年生藤本植物。中醫以其果實入藥，含有羅漢果甜苷、多種胺基酸和維生素等藥用成分，主治肺熱痰火咳嗽、咽喉炎、扁桃體炎、急性胃炎、便秘等。羅漢果又稱為甜味素，因其甜度非常高（蔗糖的300倍），且由於羅漢果甜苷不能用於人類作為能量來源，熱量低而作為甜味劑廣泛使用，常作為肥胖者和糖尿病患者的代用糖。

註7：夏桑菊是一種中國常見的涼茶，其配方　夏枯草、冬桑葉以及甘菊。夏桑菊源自清代溫病學家吳鞠通《溫病條辨》的經典名方「桑菊飲」，曾於1814年的江浙一次瘟疫流行中發揮巨大效用。夏桑菊氣氛芳香，味道甘甜，具有清熱解毒的功效，可治風熱感冒、上火咽喉腫痛等，亦可作　消暑清涼飲料。

「你的腰，廿四吋？」

「廿三吋半……」

「你有條件，可以吃多一點！」

「這麼多的『應援』，夠我們吃很多餐！」

「這些只是冰山一角！」

「還有其他『應援』……？！」

「阿霖沒有告訴你嗎？晚飯後，會有多款糖水！」

「糖水……？！」

「KaKa 姐的粉絲，應該會買涼粉、豆腐花、楊枝金露和芒果西米露！你喜歡哪一款糖水？」

「我不太喜歡吃甜……」

「哈哈！晚飯既然有糖水，宵夜當然有打冷！」

「打冷……？！」

「Angel 姐的粉絲，知道她最喜歡潮州打冷，應該會買滷水鵝片、滷水拼盤和凍烏頭，另加幾大窩蠔仔肉碎粥。」

「不會浪費食物嗎？我們真的吃得下嗎？」

「如果有剩餘食物，就是你的責任了！」

「我的責任……？！」

「阿霖沒有告訴你嗎？這是助理製片的責任啊！」

「助理製片需要吃光剩下的『應援』食物……？！」

「阿霖沒有告訴你嗎？他的上一任助製，在拍攝完之前那套劇集後，肥了足足三十多磅啊！」

「三十多磅……？！」

「他上星期也在這個劇組的，但他每日大吃大喝，開工一多星期後，終於支持不住！」鬼叔叔突然加強語氣。「入了醫院啊！」

「入了醫院……？！」

令人震驚的真相！

——我究竟是幸福？還是不幸？

——我終於明白為什麼突然會有這個「肥缺」了！

——只是第一個半天的應援，但已經沉重得令我吃不消了！

——這套電視劇還有五十多個拍攝日，我還可以平安存活到煞科嗎？
我突然腦海一片混亂。當場暈倒。

【第一個半天的應援】╱完

第二章

續・移民前的最後 100 餐

「為了我，你會留下來嗎？」

00

移民在即，時日無多，我決定珍惜在香港倒數的每一餐，走訪不同的食店，以味蕾記載香港的美食。

然而，有好多我喜歡的老店，以及大獲好評的名店，都已經各自因為不同的緣故結業了。

我必須把握機會，在移民前的這段時間，趁這些店仍然存在，一起好好安排行程，穿梭不同區域，回味屬於我的 Good Old Days！

就在我回到充滿童年回憶的新蒲崗，開始「移民前的最後 100 餐」時，我竟然重遇了她！

我的前女友。

主動向我提出分手的前女友。

分手理由是我們的「生活品味」有距離。

這段比「香港」和「巴黎」之間更遙遠的距離，卻突然拉近了。

「你忘記今日所吃的，我們一起重新計劃《移民前的最後 100 餐》吧！」

「我們一起……？」

「你只愛吃中餐，又有偏食的壞習慣，由你計畫的《移民前的最後 100 餐》，肯定不夠完美！我不想我們在離開前留下遺憾！」

這次偶然的重逢，讓我和她重新編排屬於我們的《移民前的最後 100 餐》，在我們倒數的日子裡，每星期暫定「飯聚」兩次，每人決定一餐，我選擇中餐，她選擇中餐以外的美食。

「『飯聚』？……」我問她。

「難道你希望是『約會』？」她反問。

「對，我們已經分手了……」我苦笑。

她嫣然一笑。笑而不語。

01

除了英記的水餃麵配醃蘿蔔、成記的牛雜麵和淨牛丸、以及陳儀興的普寧炸豆腐和啫啫魚標，我終於可以吃到肥仔銘的熱香餅和乾炒通粉了！

而在我們再訪新蒲崗前，在油麻地的太平館餐廳，我們吃了馳名的瑞士雞翼和瑞士汁牛肉炒河粉，還有我最愛的燒乳鴿，以及她的至愛梳乎厘。

某個三號風球高掛的上午，我們一起在灣仔雄記美食店外排隊，等雄哥和雄嫂開門。

有一種幸福，是可以食到雄記！

有一種更大的幸福，是可以和她一起食雄記！

我食牛雜粥和雞蛋煎腸粉，她食鴨腿湯飯和芫茜餃，飲品是雄記自製的凍腐竹糖水和凍酸梅湯。雄記在秋冬限定的羊腩和糯米飯，希望還有機會食到……

其後她帶我去了荃灣，在這裡的隱世平民扒房莎樂美餐廳，跟我「100 餐」名單裡的東江大飯店只是相隔幾個舖位，品嚐久違了的「豉油西餐」。

她選擇坐在樓上的梳化卡位。這是我第一次來莎樂美，看見墊枱紙和餐紙上，都印有廚師拿著一大盤香噴噴的美食的舊派網筆畫，我感到很有趣。

「我在莎樂美的 First Choice，是雜扒餐啊！」

她點了鐵板莎樂美雜扒餐，餐湯是羅宋湯，卻為我點了「本月精選特餐」。

這個「本月精選特餐」，主菜是鐵板安格斯肉眼牛扒，但這不是重點，重點是牛扒伴脆炸洋蔥圈！

她記得我喜歡吃洋蔥圈！

現時在香港只剩下山頂一間分店的 Burger King，最吸引我的就是洋蔥圈！

「再加多一碟意粉。」

店員離開後，她對我燦爛一笑。

「意粉是為你而點的。」

莎樂美不是以「抵食夾大件」聞名嗎？難道她擔心我只有肉眼牛扒不夠飽？

「本月精選特餐」非常豐富！前菜是鮮果挪威煙三文魚沙律，餐湯是羅倫斯忌廉湯，餐包是海鮮忌廉酥盒，甜品是朱古力新地，餐飲可以配生啤、橙汁、咖啡底茶，重點是凍飲不加錢！

店員先奉上她的雜扒餐，食物堆積起一座小山，由上而下，分別是：雞翼、腸仔、火腿、豬扒、雞扒、牛扒，加上炸薯角和雜菜，霸氣十足！聽著鐵板和燒汁的「滋滋」聲交響樂，竟然有種很微妙的治癒感覺……

我的鐵板安格斯肉眼牛扒，也是份量驚人！肉眼扒差不多有一吋厚，伴三件漂亮的脆炸洋蔥圈。她為我加多了一碟意粉，因為這不是一般的意粉，而是我喜歡的茄汁意粉，果然是回憶中的味道！

我們提早點了餐飲，以冰凍生啤，配鐵板美食，絕對是一流享受！甜品的朱古力新地，現時其他同類扒房已沒有供應，突然有種時光倒流的感覺。

特別是我和她一起拿著叉，同時慢慢將意粉捲起來，就像我和她當年仍在拍拖的感覺……

02

手牽手的離開莎樂美後，我們的關係變得更微妙。

我帶她去了太子的春潤堂，分別吃了油渣麵配冬菜和辣菜脯、四寶（豬腸、豬紅、韮菜、蘿蔔）加魚肉和碗仔翅。然後她帶我到旁邊的利口福，分別吃了沙嗲牛肉西多士和流心芝士豬扒包，重點是配炸薯條，這不是一般的薯條，而是波浪薯條！

我也帶她去了佐敦官涌熟食中心的醒記，和其他義工朋友，一起品嚐家鄉碌鵝海鮮套餐：海鹽焗東風螺、秘製田螺、古法荷葉蒸鮑魚、蒜蓉鮮蝦蒸粉絲、豉汁蒸白鱔、清蒸海上斑、家鄉碌大鵝、上湯金銀蛋莧菜、撚手豉油皇炒麵。伴酒前菜拍青瓜，隨餐奉送清熱羅漢果水……

醒記的老闆 Bobby 是再生勇士，他曾經是已故特技人柯受良的首徒，縱橫電影特技界二十多年，卻因為一場車禍失去了雙腿，但他並沒有放棄，即使坐在輪椅上，也成為了著名的「無腿廚師」。

「香港，真的是充滿奇蹟！」她突然有感而發。

當時我依稀感到，這句話，她是刻意說給我聽……

03

我當然有帶她到紅伶飯店！

紅伶飯店在油麻地重新營業後，凍蟹、煎蠔餅、生醃螄蚶、滷水鵝片、鵝肝和鵝腸都保持水準！

當晚的前菜冰鎮芥末墨魚，以及甜品焦糖反沙芋，她都很喜歡！反沙芋是一道很考調功夫的潮式甜點，將切成手指般大小的芋頭，加入沙糖炒勻至芋頭塊乾身和香脆，記得要趁熱食，凍了會黏在一起。

最後，我追加多一碗蠔仔肉碎粥，重點是配「潮州三寶」：花生、鹹酸菜和辣菜脯，我不禁想起已結業的新蒲崗睽記……

我們還去了深水埗的蛇宴專家蛇王協，參與社區飲食文化考察團的年度盛會。由鴨寮街蛇后嘉玲姐主理的蛇宴：功效超卓的足料太史五蛇羹[1]、龍飛鳳舞

註1：太史五蛇羹的五蛇，分別是：過樹榕，擅驅人體上部之風，如頭痛和關節痛；飯鏟頭，擅驅人體中部之風，如兒童急慢驚風；金腳帶，擅驅人體下部之風，如腳腫腳痛；三索線，助三蛇運行全身血脈；百花，助四蛇內走五臟六腑。

（炒蛇肉、鴕鳥肉）、金龍獻珠（炸蛇肉球）、椒鹽蛇碌、蛇汁時蔬、秘製炆蛇腩、古法白切雞、生扣野生大山瑞、巨形老蛇虫草花燉烏雞、滋味生炒糯米飯……正如宣傳口號「飲得出色，食得招積，精心料理，實惠超值」！

重點是蛇王協秘製的蛇膽汁酒！入口不會太燒喉，飲完身體好溫暖，我買了兩大枝，打算帶往英國。

但是，我犯了不可原諒的低級錯誤！

我竟然忘記了，兩大枝蛇酒是不能帶上飛機！

最不可原諒的，我竟然忘記了，她以前非常討厭吃蛇……

04

「朋友…」

「Paul’ s Kitchen。」

當你踏進位於尖沙嘴的重慶大廈，彷彿置身另一個時空，懷疑自己是否已經離開香港。

當其他餐廳的推銷員靠近你時，只要跟他們說要去「Paul's Kitchen」，他們便會馬上散開。

因為她，今天我重臨重慶大廈，不禁湧起了很多回憶。上次來重慶大廈，是參加由這個選區的區議員所舉辦的文代體驗團，我們在大廈裡逛了一圈後，共聚於珍珠皇宮印度餐廳，在柔和燈光加印度純音樂下，吃了一餐豐盛的印度菜。

雖然我不吃辣，但也嘗試了印度咖喱。瑪莎拉咖喱羊，小辣，我尚可以接受，配烤餅，效果比配米飯更好！當晚有兩款烤餅，蒜蓉烤餅和芝士烤餅，我較喜歡蒜蓉烤餅，外酥內軟，只吃烤餅也不錯！當晚的餐前小食，是印度脆餅配薄荷醬，我們還吃了咖喱角、牛油烤雞、乳酪脆米球、混合肉燒烤拼盤，包括印度烤雞、免治羊肉卷、烤魚塊、乳酪腰果汁烤雞各兩件……

印度菜雖然以咖喱聞名，但基本上可以分為南印菜、北印菜、以及宮廷菜。高溫潮濕的南印度以米為主食，偏愛辣而多汁的咖喱料理，口味較重，偏向辛辣。北印度料理注重香氣、較少辣味，口感較溫和，通常會添加乳製品，以麵類為主食，如小麥粉製成的粗圓餅等。宮廷菜集合了南北印度的菜式，提高食物與調理過程的等級，可算是印度美食的頂級代表。

正宗的印度餐廳不會售賣豬肉和牛肉。豬是屬於污穢的動物，印度人不喜歡食用，牛卻是神聖的，印度人不敢吃。故此，羊在印度成為了主要肉類。相傳釋迦牟尼是第一位做咖喱的人，在印度的傳說中，釋迦牟尼教導信眾使用含香味及辛辣味道的樹木、果實、樹皮和草根來調理羊肉，當信眾吃了這些羊肉後，忍不住大叫「Kuri」（太好了、極美妙），其後就演變成咖喱（Curry）的稱呼。

我們喝著瑪莎拉奶茶，聽著老闆 Jacky 的悉心講解，掌握了對印度飲食文化的基本認識。之前經常會在快餐店和茶餐廳吃咖喱牛腩飯，經過這次文化體驗團，我以後吃咖喱會首選到重慶大廈的印度餐廳。

Jacky 在印度出生，兩歲隨家人移居到香港，但他說得一口流利廣東話，而且留著一頭鄭伊健的髮型，是一個熟悉港劇和港產片，喜愛吃港式餸菜的香港人。

我和她上了一樓，就看見 Jacky 坐在欄杆旁。我主動和他打招呼。他知道我們的目的地，向我們的右手邊指了一指。我跟他揮手道別。

「你認識那個印度人？」

「他叫 Jacky，他是香港人。」

她不置可否，繼續前行。我們很快就來到 Paul's Kitchen。

「Paul 來自非洲加納，他的妻子 Selina 是香港人，他們兩夫妻一起經營 Paul's Kitchen。」

「我們今晚吃非洲菜？」

「是非洲菜，也不是非洲菜！」她突然嫣然一笑。「非洲辣王雞煲。」

非洲辣王雞煲，又稱奶奶醬雞煲，「奶奶醬」是 Paul 的媽媽，Selina 的奶奶自家炒醬的非洲加納辣椒醬，再加入加納人手摘有機黑楜椒，非洲辣椒粉，以及特選黃油雞製作，這是一款「有故事的雞煲」。

話說當日香港四人男子組合 ERROR 到 Paul's Kitchen 拍攝 ViuTV 綜藝節目《辣王傳》時，品嚐了「奶奶醬」，閒談中提到可以試用這款醬料製作雞煲。後來疫情期間生意大受打擊，Paul 和 Selina 想起 ERROR 的建議，用了約半年時間，終於研製出這款令店舖起死回生的「非洲辣王雞煲」。

非洲辣王雞醬的靈魂是「奶奶醬」，重點是選用三黃雞。

三黃雞，是由朱元璋欽賜的名字，在清朝貴為皇室貢品。三黃雞其原義是指黃羽、黃喙、黃腳的雞，還要求皮膚也是黃的。這種雞的肉質嫩滑，皮脆骨軟，脂肪豐滿和味道鮮美。但是，現在的三黃雞，不再是特指某一個品種，而是黃羽優質肉雞的統稱。

非洲辣王雞煲有四種辣味選擇，分別是小辣、中辣、大辣和非洲辣王級勁辣。

「我知道你不吃辣，所以為你點了 BB 辣。」

Selina 奉上非洲辣王雞煲時，跟我做了一個「加油」的手勢。

賣相真的很吸引！撲鼻湧來濃烈的香辣味。

她拿了雞腿給我。

我大口咬下去。出事！

不會吧！這個只是 BB 辣？

真的太辣了！我完全吃不消！

但見她從容不迫，吃得津津有味。

「這是非洲辣王級勁辣再加辣，『Big Big 辣』！」

她很喜歡吃辣，而且吃得很辣！

她的格言是「吃得辣中辣，方為人上人」。

她用這個「Big Big 辣」雞煲，懲罰我上次帶她去吃蛇……

「你給我吃得乾乾淨淨，我要你永遠記住我，為你而設的『香港味道』！」

說罷，她向我做了一個可愛的鬼臉。

05

逸東軒的一餐，是我們關係的其中一個轉捩點。

這一餐比較特別，我為網台主持友好慶祝生日同時，也為他的契媽餞行。

這一餐本來不屬於那「100餐」，故此我沒有約她，但她突然出現在我眼前！

她竟然認識我朋友的影星契媽！她竟然坐在這位傳奇人物的旁邊！她竟然擁有比我想像中更廣闊的人脈！

天氣仍然悶熱，打頭陣的不是一般的冬瓜盅，而是原個奉上的「黃耳鮮蓮海皇碧玉盅」，材料豐富又美味，消暑解悶又健康。

前菜是趣緻又美味的話梅車厘茄，以及叉燒併燒腩的馳名燒味雙輝。逸東軒的明爐蜜汁叉燒肥瘦均勻，燒腩仔皮脆肉香，比我們在一般在燒味店吃到的，質素高太多了！

主菜是脆皮逸東烤鴨兩食，先食片皮鴨，店員細心地在我們面前切鴨，分別是薄切脆皮和厚切鴨肉各一碟，配兩籠餅皮和兩套醬料，醬料不算花巧，只有蔥絲、青瓜絲和甜麵醬。第二食是生菜包鴨崧，以新鮮爽口的生菜，包著香濃惹味的鴨崧一起吃，感覺良好！

其他佳餚包括：芙蓉蒸蝦球、脆皮乳豬鮮蟹肉炒桂花、蘿蔔濃湯浸原條沙巴斑球、以及大澳蝦膏唐生菜膽。

芙蓉蒸蝦球，蒸蛋白香甜嫩滑，大大隻虎蝦球，可以用刀叉來享受；脆皮乳豬鮮蟹肉炒桂花，乳豬脆皮卜卜脆，跟蟹肉和雞蛋一起炒的芽菜很清爽，不一樣的口感；蘿蔔濃湯浸原條沙巴斑球，令人喜出望外！沙巴斑球啖啖肉，魚湯味道濃郁，令人一試難忘！吸引了魚湯精華的蘿蔔，令人回味無窮！網台主持的那位作家朋友，加多一碗白飯，以魚湯來泡飯。大澳蝦膏唐生菜膽，特別放在砂鍋裡，色香味俱全！

甜品是紅豆沙湯圓和杏汁金球，杏汁金球非常有心思，薄身香脆不油膩的煎堆裡，注滿了香濃的杏汁，滋潤養顏。壓軸除了為網台主持慶祝生日而準備的壽桃，還有她從名店訂購的金箔蛋糕，她成為了全場的焦點，大合照時被安排站在雙星——壽星仔和他的影星契媽——之間。

「想不到我們有不少共同朋友。」

我陪她等 Uber 時，她突然跟我說。

「你在英國，也會有這麼多朋友？」

我沒回答，因為我不懂怎樣回答。

一輛黑色 Mercedes-Benz E 系列房車剛巧在這時來到。

「這一餐不算數！我有另一間米芝蓮中餐好介紹。」

她對我嫣然一笑，然後優雅地登上靚車。

06

未吃到她的「另一間米芝蓮中餐好介紹」，我和電影界的朋友，先去了位於石塘咀熟食中心的海記海鮮大排檔。

蒸蜆、酥炸鮑魚、豉油皇桶蠔、鹽焗奄仔蟹、紅燒筍殼魚、豉椒蟶子煎米粉、雜菌冬瓜炒豆苗、陳皮欖角骨、棟篤企飛天麵配上湯焗龍蝦、腰果露……

海記的年輕老闆阿盛本來做電影剪接，在尖沙咀的酒吧不敵疫情而結業，見朋友的爸爸有意退休，又遇上入廚近四十年的隱世大廚偉師傅，就勇敢地接手了這個檔口。

偉師傅曾在多間粵菜酒家工作，亦曾在上市公司會所飯堂掌廚十多年，其後自立門戶開私房菜，他為大牌檔的平民化菜式注入私房菜的精緻，加上他每日清晨親自到香港仔漁市場入貨，新鮮生猛的海鮮都是養在自設的鹹水缸，即叫即劏，難怪每道菜式都非常出色，而且有特色。

鹽焗奄仔蟹，每一隻都肥美爆膏！雜菌冬瓜炒豆苗，偉師傅竟然將冬瓜環做成心型，真的很有心思！棟篤企飛天麵，凌空的筷子和麵底至少有三十厘米高，就像變魔術一般，完全違反了地心吸力，偉師傅將麵條炸得脆而不油、香口乾爽兼企身，影相「呃 like」一級讚！配上湯焗龍蝦，充滿霸氣！腰果露有腰果碎粒，滋補而美味！

壓軸登場的涼粉西瓜盅，鮮甜美味透心涼，充滿了童年回憶！西瓜盅絕對是香港的經典甜品，當年在酒樓飲茶，食點心只是次要，最令人期待的是雜果涼粉西瓜盅！

將一個大西瓜切開，挖空西瓜肉，將挖出來的西瓜肉、西瓜汁、涼粉、雜果連同糖水一起拌勻，放回作為器皿西瓜皮內，重點是西瓜的切口要切出狗齒形。

早前在逸東軒吃了非一般的冬瓜盅，今晚在海記就吃到涼粉西瓜盅，雖然欠缺了雜果，卻已經很滿足了！

騙人的！其實我一點都不滿足！這些令人讚不絕口的美味菜式和甜品，我沒機會和她一起分享！

今晚她突然要和客戶應酬，所以遲到。由起初跟我說會遲三十分鐘，然後跟我說要遲一小時左右，然後再跟我說會趕來一起吃涼粉西瓜盅，然後……再沒有然後了。

但其實是有然後的。

在我喝醉了，跟不知道是何許人也爭論「大排檔」是錯誤，「大牌檔」才是正寫時，她終於趕到了，並且將我平安帶回家。

她在薄扶林的全海景豪宅……

07

待她忙完應酬大客戶，她和我去了位於又一城的皇后飯店。

皇后飯店，英文店名是「Queen's Café」，香港著名的俄國菜餐廳，始創於一九五二年，第一家店開在英皇道，加上正值伊利莎伯二世冊封為英女皇，故此以「皇后」命名，但其實應該是「女皇」吧！

皇后飯店的創辦人于永富，當年在上海跟隨俄國名廚 Kurilov 學藝，其後走難來到香港，最終煮起俄國菜。當時俄國菜是西餐的主流，皇后飯店算是第一批做起港式西餐，到現在仍然屹立不倒的本地品牌。

一九六四年，皇后飯店搬到銅鑼灣利園山道，電影《阿飛正傳》曾在此取景拍攝，在明星效應下，皇后飯店一炮而紅，分店連開，不少喜愛電影的日本影迷也來朝聖。那是皇后飯店的黃金歲月，也是香港最美好的日子。

于永富年邁健康欠佳，皇后飯店在一九九四年十月三十一日結業。但在結業三個月後，于永富的太太和兒子，在銅鑼灣希慎道重開皇后飯店。現在皇后飯店已經承傳到第三代手中，現存最老的店是又一城分店，一九九八年，又一城開幕時，這間店就開始營業。

「我上次來這裡，已經很多年前了！當晚我是到旁邊的戲院出席電影首映禮，看電影前跟影評友好一起晚餐。」

看著店內的懷舊裝潢，我突然有感而發。

「你當時看電影的那間戲院，早已經換了老闆！」她一邊喝著羅宋湯，一邊如數家珍的說著。「由AMC又一城，變成MCL院線的Festival Grand Cinema。」

「這間皇后飯店，見證了這個商場，甚至是整個香港的變遷。」我繼續有感而發。

「你的湯快要涼了！我最喜歡這裡的羅宋湯，有椰菜、蘿蔔、西芹、紅菜頭等材料，喝得出用牛骨長時間熬出來的鮮味，絕對是真材實料！」

皇后飯店除了這個羅宋湯，其他代表菜式，還有蝦多士、俄國牛柳絲、俄國薯仔沙律、俄國串燒、紅燴牛肉仔、茄汁焗豬扒飯等，但我記得上次來這裡時，我是吃了脆皮沙田燒乳鴿配西炒飯……我沒有告訴她，怕被她取笑。

今晚由她發辦。頭盤分別是焗田螺配黑松露蘑菇，以及俄國大蝦薯仔沙律。她知道我不喜歡吃牛扒，所以為我點了原隻燒春雞配紅酒雜菌汁，而她當然點了至愛的威靈頓牛柳，分別以芝士焗蟹蓋和鵝肝伴碟。她另加了一份俄國串燒什錦，有雞柳、黑毛豬柳和牛柳。她當然有點紅酒，我卻不敢喝太多。甜品她為我點了充滿童年回憶的香蕉船，而她就點了精選甜品的心太軟。所有菜式都很好味，都很合我的胃口。

今晚的她有點醉意。

她竟然拿著酒杯，和我的水杯碰杯。

「God bless the Queen！」

「God bless the Queen！」

「你知道嗎?這些美味的『港式西餐』，你在英國是吃不到的！」

「我知道。」

「你知道嗎?你在英國將會『冇啖好食』！」

「我當然知道。」

「我不敢想像你在英國『冇啖好食』的樣子……」

「妳知道我懂得自己煮飯，應該不會餓死的。」

「最後一餐，我要吃你為我煮的家常便飯。」

「好啊！」

她埋單時，要求店員為我們拍照留念。

這是我們久違了的合照……

她隨即將這張合照上載 IG，寫了一句：

「God bless the Queen」，配三個心型符號。

其後，我從她的下屬口中知道，她的外號正是「女皇」……

08

我本來打算去灣仔的留家廚房，探望老闆兼美食作家劉晉，以及他的父親劉建威前輩，但她竟然安排了在灣仔的另一間中餐廳。

她之前所說的「另一間米芝蓮中餐好介紹」，原來是位於灣仔的生記飯店，不是在會議展覽中心的金紫荊生記粵菜廳，而是在修頓球場對面，軒尼詩道樓上舖的舊店。

老闆 Jeff 特別為我們準備了一尾新鮮生猛的黃皮老虎斑，清蒸的火喉剛剛好，色澤亮麗，肉質嫩滑，重點是他的專業開魚，我們只食剩一條魚骨！

今晚的燉湯是杏汁花膠豬肺湯或螺頭竹絲雞，她讓我決定，我選了後者。大大盅燉湯，湯料非常充足！除了原隻竹絲雞和好多螺頭，還有瘦肉和其他材料。

其他生記的招牌菜，包括：菠蘿生炒骨、生煎蓮藕餅、蝦子柚皮扣鵝掌、上湯枸杞浸黃沙豬膶、豉油皇炒麵、以及拆肉泥鯭肉丸粥，粥的配料除了油炸鬼，還有牛脷酥。這一系列巧手名菜，都是贏在細節上，令人回味無窮！

另一招牌菜鹽焗雞已售罄，Jeff 向我們誠意推薦梅子蒸肉蟹，色香味俱全，有驚喜！她喜歡吃啖啖肉的大蟹鉗，我就用油炸鬼和牛脷酥來沾酸汁而食。

我們還見識了經典的手工粵菜——江南百花雞，這是一味無雞肉的雞饌，用上原隻雞皮釀入蝦膠蒸煮，蒸熟後斬件砌成原隻雞的模樣，伴菜心作為裝飾，淋上琉璃芡後，灑上白菊花瓣。因為用蝦膠做的菜式通稱為「百花」，所以這是「江南百花雞」。

壓軸高潮，生記的招牌甜品白糖糕，大大件，而且份量十足，每人可以吃到好多件，吃不完的就帶回家。

也許你會奇怪，這麼多特色餸菜，我和她兩個吃得完嗎？

這個晚上，其實不只我和她。作為一個成功的基金經理，今年業績又翻兩翻，她和公司的下屬一同慶功。

因為我和她的合照，大家都知道我們不是一般的關係，所以對我好客氣，包括生記的老闆 Jeff。我竟然有點享受這種曖昧的感覺。

09

我們去太平山餐廳吃午飯的那一天，她悉心打扮，穿了一條典雅的白色連身長裙。

太平山餐廳位於山頂道，屬香港二級歷史建築，是一間歷史悠久，可以欣賞到維多利亞港景緻的庭園西餐廳。

一八八八年興建時，這是英國工程師工作和休憩的地方，其後曾經重建為公共及私人轎子停放處，以及轎伕休息的棚屋，一九四七年，這裡改作露天茶座及西餐廳，名為「山頂餐廳」。

一九八九年，山頂餐廳因為合約到期而結業，雖然由新的管理公司接手，但新經營者沒有保存建築物的完整性，餐廳內部裝潢變得面目全非，只剩下標誌性的石磚紅屋頂外貌得以保留。二零零三年，改為「太平山餐廳」繼續經營，英文店名「The Peak Lookout」。

「去年初，這裡租約期滿，政府產業署重新招標，幾乎令這間超過一百年歷史的紅磚屋消失。」

我們坐在室外的別緻庭園，在微風中享用美食，真的很寫意。

她點了二人份的海鮮拼盤，另加半打新鮮法國生蠔，開了一枝果香很重的法國白酒。

「慶幸最終有驚無險，由現時租客以每月總收入 20% 分成中標續租。經過重新修葺，餐廳重見天日。」

「妳很熟悉這裡。」

「這個地方，對我有特別意義。」

她的神情突然有點憂傷，令我欲言又止。

吃完海鮮拼盤，她點了澳洲羊扒配薯蓉。

我本來想吃海南雞飯，但她說這裡的印度菜不錯，所以為我點了印度燒雞。印度燒雞配一份印度烤餅，可以選原味或蒜蓉味，我選了蒜蓉味。她另加一份公司三文治。

「這裡的『太平山牛肉漢堡』評價不錯，但你應該會喜歡『公司三文治』。」

醃製過的燒雞件，熱騰騰的以鐵板奉上，肉質頗嫩，有很重的印度香料味，還有大量配菜，包括：椰菜、生菜、蘿蔔和洋蔥。兩塊蒜蓉印度烤餅，我一塊配薄荷醬，另一塊配乳酪汁。用手拿著烤餅，捲起燒雞一齊食，別有一番風味。

她餵了我吃一口燒羊扒。燒羊扒不算太羶，表面燒得微焦，份量對她應該不夠，難怪她會另加一份公司三文治。

公司三文治，一個久違了的名字。這份雞肉公司三文治，是傳統風格，而且好足料！麵包全部烘底，薄而帶脆，材料有燒雞、雞蛋、生菜、蕃茄和煙肉，重點是中間放了薯條，立即喚起了童年的美好回憶。

離開太平山餐廳，她陪我到凌霄閣的 Burger King，吃我念念不忘的炸洋蔥圈。但是，味道卻不似預期，有點失望。

「是你將 Burger King 的洋蔥圈美化了！我們應該向前看！」

我們從凌霄閣乘坐山頂纜車回到中環，然後步行至士丹利街的陸羽茶室。

10

今晚我們參加某位作家好友在陸羽茶室舉行的懷舊菜夜宴。

週末晚上，好友共聚，品美酒，嚐佳餚，彷彿回到上世紀七十年代……

陸羽茶室於一九三三年創，店名來自唐朝詩人陸羽，其著作《茶經》講述茶的歷史，也談及當時中國豐富的飲茶文化。陸羽茶室是現時其中一間最為人尊重的粵菜餐廳，點心文化背後蘊藏悠久歷史，這裡是香港少數仍然可以吃到正宗灌湯餃的地方。

這晚設宴於陸羽三樓，牆上掛了不少大師繪畫的名畫，大家就像在美術館內，品嚐回憶中的香港味道。除了這位作家的朋友和讀者，還有其他酒友捧場，各自帶備了不同美酒暢飲。

這晚的特別嘉賓，是專業國際唎酒師小松本太太 Coco。Coco 為這夜的傳統懷舊菜色，挑選了兩款日本清酒，分別是白鶴杜氏鑑，以及黑松白鹿純米「四段仕込」。「杜氏」意指釀酒師，唯有技術特別高超卓越的釀酒師才有資格冠上「杜氏鑑」的稱號，白鶴的正宗杜氏鑑以 100% 頂級酒米山田錦和傳統古法親手釀製而成，無論味道、香氣和口感都是上乘之選。另一瓶純米酒採用「四段仕込」特殊製程，除了既有的「初、仲、留」三段仕込，在第四段添加了糯米，增加馥郁香甜的口感，不愧為得獎名酒！Coco在開席前為大家細心講解，令我獲益良多。

這晚的頭盆是鳳肝燒金錢鷄。金錢雞不是雞，據說是當年燒味店用每天剩餘的豬肉、肥膏，加一片雞膶燒製而成，被譽為「窮人恩物」。陸羽的金錢雞很有心思，在鳳肝上放有一片花邊薄包，包上有蛋黃碎和小芫茜，好睇又好味！

燉杏汁白肺湯是陸羽的招牌靚湯，新鮮豬肺每天由專人洗得乾乾淨淨，豬肺吸收了鮮磨的杏汁，燉煮超過三小時。店員為我們分好一人一碗，杏香撲鼻，甘甜味美，潤肺養顏，而且非常足料，每人都可以吃到多件「一口豬肺」，作家強烈建議我們不要立即沾醬油，先嚐原味，更有驚喜！

原隻蝦多士和菠蘿咕嚕肉，都是作家在陸羽的首選名菜。原隻蝦多士，炸得金黃香脆，海蝦鮮甜，絕對是佐酒佳品，重點卻是搭配陸羽秘製的甜酸汁，別有一番風味。咕嚕肉色香味俱全，大廚把醃過的枚頭肉加蛋漿和生粉一起炸，外脆內軟又掛汁，作家建議我們先食菠蘿，再食咕嚕肉，口感更佳。

燒雲腿乳鴿片、網油鯪魚卷和蓮子八寶鴨，都是作家特別挑選的，快將失傳的懷舊菜式。

薄切的金華火腿，浸蜜糖水後炸成脆邊，和帶有菇香的嫩滑鴿片是絕配！擺盤亦很有氣勢，將雲腿片鋪於碟邊，香酥鬆化的鴿頭和鴿翼放在一端，視覺效果一流。

豬網油是豬胃部和橫膈膜之間的一層網狀脂肪，將成膠狀的鯪魚肉，以豬網油捲起來炸，魚肉彈牙同時，仍然保持鮮味，外層炸得很香脆，更散發出豬油香氣。

蓮子八寶鴨相傳是乾隆皇帝最愛的菜式之一，將八種材料塞進去骨的大鴨內，然後隔水蒸至軟身，豐富材料包括：金華火腿、鹹蛋黃、乾百合、乾蓮子等，滋味無窮。拍照後，店員為我們劏開鴨身，很有儀式感，建議可以拍攝短片留念。

單尾是在其他地方難以吃到的蟹肉片兒麵，以雲吞皮做成的片兒麵，配鮮拆的蟹肉，重點是那個鮮甜味美的上湯，真是啖啖好滋味。

懷舊甜品的「菲林」黑芝麻卷，芝麻味濃，香滑清甜，充滿了童年回憶。壓軸高潮的湯丸紅豆沙，這不是一般的紅豆沙，是用靚陳皮煲的紅豆沙，煲到「起沙」，夠味卻不會太甜，我和她都很喜歡！

在此起彼落的歡笑聲中，看著作家的酒友們暢懷痛飲，數十個不同種類的酒瓶放滿了屬於歷史文物的木桌上，彷彿有種「今朝有酒今朝醉」的怪異感覺。

全體大合照後，作家預告將會在彩虹邨的金碧酒家舉行懷舊龍躉宴，雖然日期未定，我們卻已同時舉手報名。

大家看見我們如此有默契，竟然有人鼓掌叫好。

我和她尷尬對望時，她對我嫣然一笑。

我強行壓下想吻她的衝動……

11

我和她終於來到留家廚房。

這個黃昏，劉健威前輩是由一杯紅酒開始。

我卻是由一隻留家廚房的真正灌湯餃開始！

留家廚房的灌湯餃，是正宗的灌湯餃，美味的上湯是在餃子裡面，並非坊間以假亂真的湯浸餃！

留家廚房曾經獲得米芝蓮一星殊榮，多年來以自然方法做菜，為食客帶來無味精雞精，味道純正的菜式，劉氏父子認為傳統和創意可並存，故此，餐牌上既有久違了的傳統菜式，同時也有前衛的新菜式。

劉健威和劉晉兩父子，都是我很敬佩的飲食文化達人。劉健威前輩是香港著名食評家，劉晉從小跟着爸爸到處吃美食，長大後就自己拿起鍋鏟，與爸爸一起「父子檔」經營留家廚房。劉健威前輩笑說現時像閒雲野鶴，舖頭已經交由劉晉打理。

我特別要求劉晉為我準備灌湯餃，他知道我即將離開，所以破例滿足了我的任性要求，非常感激！

除了真正的灌湯餃，這夜我們吃了太史戈渣、梅菜蒸芥膽、留家秘製叉燒、干巴菌古法鹽焗雞，還有劉晉從日本著名導演伊丹十三的電影《蒲公英》得到靈感而創作的蕃薯大腸。

留家秘製叉燒，不是一般的叉燒，用廖孖記吊燒醬醃製而成，嚴選黑毛豬，入口即融，極佳享受。

據說「戈渣」是「鍋炸」的俗稱，這是雞蛋汁跟上湯和粟粉搓成形後，在油鍋中炸香，完成後，外面香脆如豆卜，裡面嫩滑如豆腐，好考師傅的功夫。

《蒲公英》有一幕是在滂沱大雨中，由役所廣司飾演的黑幫大佬被追殺槍擊，臨終前對情人說，野豬在冬天只吃番薯，獵人捕殺到野豬，會第一時間開腔拿出腸子，因為腸中滿是番薯，放在爐火上烤，就會成為非常美味的香腸。

劉晉依照這幕電影情節的形容去試做，他選擇細條的日本番薯，將之釀入豬大腸內，紮好後加入香葉及八角等香料，先原條蒸一個多小時，再風乾一兩個小時，然後炸香而成。蕃薯大腸，外脆內軟，油香豐富，充滿餘韻。

這晚的最大驚喜，是劉健威前輩推薦的鮑魚炆魚扣魚肝！嚴選大龍躉的魚扣，魚肝完全沒腥味，然後用這個鮑魚汁來撈飯，由在大嶼山耕作的二澳米煮出的白飯，令人回味無窮！

甜品也很有驚喜！除了我喜歡的「菲林」黑芝麻卷，還有她喜歡的桂花糕，但最特別是西瓜糕。

非常有意思的一餐！

但是，當她和劉健威前輩飲著紅酒閒談時，我終於收到 BNO Visa 成功申請的通知……

12

在沙田馬場馬主廂房裡的一餐，是極不愉快的一餐。

大學時代，偶然會坐上途經馬場站的列車，雖然我沒賭馬的嗜好，也想過入馬場見識一下。

想不到在她的安排下，我不只入了馬場，竟然有機會在馬主廂房吃午餐，因為她的其中一個大客戶是馬主。

在馬主廂房觀看賽事是否特別刺激？我不願置評。我卻肯定這裡的自助餐非常豐富，有很多海鮮，還有多款沙律、生果、三文治、冬甩、蛋糕、甜品、以及中式點心。除了這些不斷添加的前菜和甜品，還有中、西兩款餐湯，以及八款主菜。

這天的八款主菜，分別是：傳統愛爾蘭燴羊肉伴薯仔和根菜、蒜香白酒香草炒新鮮藍青口拌蒜蓉脆包、瑤柱柚皮扣鵝掌拌生麵、香煎黑毛豬扒拌炒菜、炸格仔薯及香辣蕃茄莎莎、美國西冷牛扒配巴黎牛油汁、黑松露脆皮乳鴿拌菜飯、麻辣豆酥大花蝦球拌菜飯、黃金皮蛋芫茜魚湯浸澳洲蘇鼠班片拌香苗。

我點了黑松露脆皮乳鴿拌菜飯，配中湯；她點了美國西冷牛扒配巴黎牛油汁，配西湯。

她的馬主大客戶，點了蒜香白酒香草炒新鮮藍青口拌蒜蓉脆包。蒜香白酒香草炒新鮮藍青口放在印有馬會標誌的保溫煲內，我覺得他是刻意在炫耀。

除了我和她，這個又肥又矮的猥瑣男人，還邀請了很多同類友伴。我們由中午食到傍晚，差不多吃了六小時，

非常難受的六小時！

但是為了她，我會忍耐。

這位馬主的愛駒，在今日最後一場出賽。

這匹馬的名字，是非常庸俗的四字成語，我實在為牠感到難過。

「練馬師給我的建議，今日適宜買『位置』。」

吃完主菜，他開了一枝名貴紅酒後，意氣風發的對我們說。

我吃著美味的鹹雞粥，沒有理會他。

「小賭怡情，大家可以隨便買一、二千元。」

我繼續吃著美味的鹹雞粥，配脆花生和油炸鬼，繼續無視他。

過了一會，她突然抱著我的臂彎，高調地大聲的說。

「感謝 Lucky 哥的貼士！我們剛剛買了一萬元『位置』！」

她嚇了我一跳！也嚇了這個又肥又矮的猥瑣男人和大家一跳！

「一萬元嗎？……如果中了，妳要好好報答我啊！」

「我有幾個新的基金投資組合，不知道 Lucky 哥有沒有興趣？」

「我對妳……當然有興趣啦！下星期二晚，妳上會所等我，一起研究研究！」

「下星期二晚……」她突然倚著我。

「和男朋友有約會？」他緊盯著我。

氣氛突然有點詭異，我有種很厭惡又嘔心的感覺。

「我晚一點覆你。」她對「Lucky 哥」微笑，笑意中充滿誘惑。

我內心湧起莫名其妙的怒火，卻繼續沉默地吃著新一輪的中式點心。

她準備去洗手間時，我低聲問她。

「妳真的下注了？一萬元？」

「這傢伙很愛面子，沒有十足的信心，絕對不會亂說話！」

「妳和他是什麼關係？」

「客戶，對我業績很有幫助的大客戶！」

她離座後不久，又肥又矮又猥瑣的「Lucky 哥」，突然坐在她的位置。

他雖然一身濃烈的古龍水，卻未能完全掩蓋他的體臭。庸俗的惡臭。

「你真的是『女皇』的男朋友？」

他肯定看過我和她的合照。我對他越來越反感。

「前男友。但說不定已舊情復熾！」

「所以你們去了太平山餐廳？」

「你怎會知道我們去了太平山餐廳？」

「我在『女皇』身邊，有很多線眼的啊！」

「當晚我們在陸羽有飯局，所以隨便上山頂吃個午餐。」

我不知道為什麼刻意強調「陸羽」和「隨便」這兩個關鍵詞。

他突然哈哈大笑，然後強勢地對我說。

「原來你不知道。」

「我不知道什麼？」

「這個是她充滿回憶的地方啊！她曾經準備在太平山餐廳舉行婚禮。」

「我信任她！她和前度的事情，我沒有過問。」

「是她沒有告訴你吧！」

「今晚我們回家後，我會要她坦白交代！」

他突然臉色一變，就像鬥敗了的公雞，憤然離座。

我似是贏了一仗，但其實我和他都是輸家！我們都只是「女皇」的步兵……

不久後，勝券在握的「女皇」回來了。她看見我不發一言，對我嫣然一笑。

「這個自卑變自大的傢伙，應該被你一招解決了！」

「妳是有心利用我！妳要他因為我感到威脅！妳想他為了表現自己而給妳賺更多錢！對嗎？」

「每個人都有不同慾望！你在讀大學時已經好想入馬場，我今日終於讓你夢想成真，對嗎？」

我突然無言而對。

「快將開跑了！」

又肥又矮又猥瑣的「Lucky哥」，突然誇張地大叫一聲，打斷了我對她的投訴。

她拍了拍我的肩膊，然後和其他人一同到露台觀看賽事。我選擇獨自留下來吃第三碗美味的鹹雞粥，所以錯過了不可思議的一刻。

「Yeah！我們贏了！」

竟然中了！跑第三名！賠率是八點五倍！

她用這筆獎金，為我成立了「100 餐基金」……

13

這筆突然而來的「100 餐基金」，我交由她全權決定如何使用。

在她的悉心安排下，我在香港的「最後 100 餐」，有很多預計以外的昂貴美食！

我們在半島酒店的大堂茶座，一邊聽著現場弦樂演奏，一邊吃英式下午菜，然後在米芝蓮一星的嘉麟樓吃晚飯，再然後在可以欣賞維港美景的高層套房住了一晚……

我們在四季酒店的 Caprice，吃米芝蓮三星的時尚法國菜，包括法國乳鴿伴可可籽、阿拉斯加蟹肉伴海鮮啫喱配特級魚子醬等，然後在米芝蓮二星的龍景軒吃晚飯，再然後在可以欣賞維港美景的豪華海景客房過了一夜……

我們在米芝蓮三星的志魂壽司，於日本進口的幾百年曆史檜木吧枱上，享用行政總廚柿沼利治監督為我們精心準備的 omakase，配日本不同地區的清酒……

我們去了米芝蓮一星的大班樓，不！應該是大班樓 2.0，在以「家」為主題的優雅環境下，品嚐了「雞油花雕蒸花蟹陳村粉」、「炭火厚切叉燒」、「荔浦鴨盒」、「蟛蜞膏豆仁炒本灣甜蝦仁」、「二年陳桂花冰肉豆腐花」等精美粵菜……

我們去了米芝蓮一星的灣仔家全七福，吃大紅片皮乳豬、豬肚鳳吞燕、花雕芙蓉蒸海中蝦；我們去了米芝蓮三星的 8 1/2 Otto e Mezzo - Bombana，吃一系列白松露菜式的特色意大利菜；我們去了同樣是米芝蓮三星的富臨飯店，吃阿一鮑魚、富臨脆皮雞、瑤柱焗釀蟹蓋……

我們還去了其他既高貴的名店，但是在彼此心存芥蒂下……

我吃得不開心。

她知道我吃得不開心。

我知道她知道我吃得不開心。

她知道我知道她知道我吃得不開心。

我們彷彿忘記了初衷，只想盡快花光這筆「100 餐基金」。

雖然明知道她為了做生意可以不擇手段，就像幾乎要和她一起步入教堂的前上司，但我始終無法接受！

即使她變得富裕了、高貴了、漂亮了，卻比當年突然向我提出分手時更可怕！

故此，我在沒有告訴她的情況下，已經訂購了前往英國的單程機票……

14

作家友好在金碧酒家舉行的「懷舊菜＋龍躉宴」，我以為會是我和她在香港的最後一餐。當然，我沒有忘記已答應了她，但是……

這個晚上，筵開十席。我在六時左右已到達了，我和她被安排跟作家的幾位朋友一起坐，但我突然收到她的訊息，她說她身體不適。她臨時失約了。

作為今晚主角的龍躉，每一味都充滿驚喜！我們品嚐了「炒」、「浸」、「燉湯」、「炆蒸」、「紅燒」和「泡飯」六種不同的食法，包括：天麻龍躉骨湯、西芹炒龍躉球、蒜蓉果皮蒸龍躉頭腩、紅燒龍躉斑翅、龍躉湯浸魚肚娃娃菜、龍躉湯泡飯。大廚強哥用心製作，我覺得比很多高貴名店的出品更好味！

作家將金碧的龍躉宴菜單稍作修改，加入了金碧馳名的傳統懷舊菜：錦鹵雲吞和魚腸蒸蛋，他亦將本來的乾燒伊麵，改為招牌炒麵。

我明白作家為什麼有這個改動，因為這個招牌炒麵非常足料，除了蝦仁、菜心和肉片，今晚的主角再次登場，竟然有龍躉片！根本就是雜會炒麵吧！另一種點是和「何老太愛心 XO 醬」一起吃，真的好好味，意外的驚喜！

美食當前，但我整個晚上，都在想念著她，回憶這段時間一起吃的「100 餐」。上天彷彿跟我開了個玩笑，就在大抽獎時，她竟然抽中了終極大獎「何老太愛心 XO 醬」！

我代表她從作家手上領獎時，作家笑說我可以帶到英國作為紀念品……

15

我們再次見面，很可能是最後一次見面，是在上環的 Sow by Loft 7。

這個晚上，老闆 Gordon 說要為我餞行。我們以龍蝦湯打邊爐，他說已準備了豐富材料，牛肉拼盤有美國牛肩胛脊肉、牛胸爽和封門柳、海鮮拼盤有蟶子、扇貝、鮑魚、沙插、蟹和日本蠔、時菜拼盤有西洋菜、唐生菜、冬瓜、粟米、萵筍、枝竹、雞髀菇和鮮冬菇，另外，還有海中蝦、鮮魷、鯇魚腩、鱔片、黑柏葉、蝦滑、醉雞、鵝腸、黑毛豬、雲吞、水餃、冰豆腐、潮州牛丸等等等等。

「我還準備了雞子！好多好多雞子！」

我對雞子的興趣不大，從波記買了我喜歡的門鱔炸魚皮、門鱔魚蛋和門鱔魚片頭，亦帶來我朋友代理的台灣和牛牛丸，打算跟 Gordon 和他的朋友們分享。

紅隧有點塞車，我稍為遲到。當我到達時，竟然看見她！

她在喝著調酒師 Cat 以雞骨草和日本清酒製作的雞尾酒「Bleeding Vine」，因為加了洛神花，酒中慢慢滲著血紅色，有種淡淡然的哀愁……

我瞬間恍然大悟！她也是 Gordon 的朋友！這餐以餞行為名的打邊爐，應該是她拜託 Gordon 安排的。

Cat 看見我，就立即為我準備另一杯以涼茶製作的雞尾酒「Martial Monk」。這是以羅漢果濃茶，配自家製花椒味氈酒和薑糖漿，還有馬天尼紅香艾酒和新鮮蘋果汁，辣中帶甜，很有趣的味道。

「我看了你的美食相片，上次在金碧的龍躉宴，應該比我預期的好味！」

「真的好好味！」

「你還抽中了大獎！」

「其實是妳抽中了『何老太 XO 醬』。」

「原來是我抽中大獎？下次帶來我家，一起吃吧！」

她看見我面有難色。

「不要忘記，你答應了我，『最後一餐』，你要為我煮家常便飯。」

「抱歉，我今個星期六就要走了……」

死寂。

我彷彿聽到冰塊溶化的聲音。

我將「Martial Monk」一口飲盡，她突然問我：

「為了我，你會留下來嗎？」

再次死寂。

我彷彿聽到彼此心跳的聲音。

繼續死寂。

我起身，選擇逃避時，她突然拉著我。

「Cat 姐，給他一杯『Exotic Delight』！」

這是一杯以千里達香茅配柑曼怡香甜酒和焦糖糖漿，充滿激情的雞尾酒。

「我拜託了 Cat 姐，為你準備了一杯非常特別的港式雞尾酒，命名為『回憶中的香港味道』，你喝完了才可以離開！」

我只好再次坐下來。

「為了我，你會留下來嗎？」

她緊緊捉著我的手。

「或是可以遲一點才離開？」

如果你是我，你會如何回答？

【移民前的最後 100 餐・Part 2】/ 完

第三章

餐桌上的戰爭

這是一個關於「選擇」的故事……

※

晚上。

九龍。彩虹邨。歷史悠久的金碧酒家。

一家四口，父親、母親、姐姐、弟弟，一同享用那個作家舉辦的懷舊龍躉宴。

就在那個作家正在抽獎，弟弟滿心期待跟「回憶中的香港味道」有關的終極大獎時，父親又有心或無意地令母親生氣了……

父：西芹炒龍躉球、蒜蓉果皮蒸龍躉頭腩、紅燒龍躉斑翅、龍躉湯浸魚肚娃娃菜，真的是非常正斗！那個天麻龍躉骨湯，更加是不得之了！

母：你平時在家都不飲湯，今晚竟然飲了兩碗，還要食了很多湯料。

父：這個「天麻龍躉骨湯」，絕對是我飲過的，最好味道的靚燉湯！

母親假咳，表示不滿。

母：我煲的愛心湯水，比不上強哥的出品，對不起囉！

「強哥」是金碧酒家第二代負責人兼大廚阮振強。

父親彷彿完全不知道母親在生氣，繼續大讚龍躉湯。

父：這盅天麻龍躉骨湯，抵食夾大盅，好飲又有益，除了天麻和龍躉骨，還有好多材料！

弟：我上網搜尋了一回，材料還有川芎、白芷、當歸、老陳皮、淮山、紅棗、瘦肉……

父：這盅燉湯，健脾養胃，滋補益氣，潤澤皮膚，簡直是燉湯之中的極品啊！

姐：我從未見過這麼大盅燉湯，勁有氣勢，我出 post 後，立即有好多人 like！

母親再假咳，表示更不滿。

母：我煲的青紅蘿蔔豬骨湯，只是清熱祛濕，潤肺止咳，不夠好味，亦沒有這麼多功效，對不起囉！

父：老婆，青紅蘿蔔湯，這陣子真的是少飲為妙！

母：請問，青紅蘿蔔湯有什麼問題呢？

姐姐知道母親不高興，連忙打圓場。

姐：青紅蘿蔔寒涼，Daddy 怕我受不了！

母：所以我就加了豬骨、粟米一齊煲囉！

母親望向父親，責難的口吻。

母：他一個大男人，怕什麼寒涼？

弟弟知道母親不高興，連忙轉移話題。

弟：母親大人，舅父何時返香港？

母：你舅父…應該是下個月頭，正式日期我再問問他。

弟弟向父親狂打眼色，父親終於知道自己惹母親生氣了。

父：勝哥這麼久沒有回來，一定要請他食餐好的！

「勝哥」是母親的親生大哥，姐姐和弟弟的舅父，好疼愛這兩姐弟。

很多年前，他已經移民了去加拿大，今年突然說要回來香港逛一逛。

父：今次開哪一瓶靚酒好呢？

父親只是自言自語，卻被母親聽到。母親立即打斷他。

母：醫生要你戒酒啊！

父親知道說錯話了。

父：偶然飲一兩杯，沒有問題的吧……

母：你忘記了嗎？你下個月要覆診！

父：有佳餚，又點可以沒有美酒呢？

母：我打算請大哥來我們家，食一餐家常便飯……

姐姐心知不妙，立即打斷母親。

姐：在家煮，又麻煩，又辛苦！

母：不麻煩！

母親笑容燦爛地望了望姐姐和弟弟。

母：有你們幫手，一點都不辛苦囉！

姐姐和弟弟對望，知道出事了。

弟：不用這麼麻煩啦！不如…我們請舅父來金碧酒家，一齊食這裡的家常便飯啦！

父：「回憶中的香港味道」！勝哥應該會好喜歡！

母：可惜！

父：有什麼事這麼可惜呢？

母親假咳一聲後，以父親剛才的語氣，說出天麻龍躉骨湯的優點。

母：可惜龍躉宴要等下午，大哥喝不到這個非常足料，健脾養胃，滋補益氣，潤澤皮膚，燉湯之中的極品，天麻龍躉骨湯！

父知道自己剛才說錯話，掩臉。

姐：母親大人，龍躉宴的相片，我已經拍夠了，我反而對懷舊菜更有興趣！

父：對啊！金碧有這麼多懷舊菜，揸 fit 人兼大廚強哥的精湛廚藝，更加是信心保證！勝哥一定會喜歡的！

父親在孩童時代，已經開始幫襯金碧酒家。

母：你知道大哥喜歡食什麼？

父：魚腸蒸蛋，我記得勝哥喜歡食魚腸蒸蛋！

母：大哥喜歡食魚腸蒸蛋？怎麼我沒有印象？

弟：金碧的魚腸蒸蛋，魚腸沒腥味，蒸蛋很滑溜，可以食到這味菜式的地方，在香港已經越來越少！

父：對啊！要把握機會啊！

母：喜歡食魚腸蒸蛋的，好像是你囉！

姐：魚腸蒸蛋，拍照不漂亮！我建議花雕蛋白蒸海蝦，較有立體感！

父：如果妳希望拍照漂亮，這樣一定要試金碧的招牌菜，酥炸蟹鉗！

姐：酥炸蟹鉗？將整隻蟹鉗酥炸？

弟：酥炸蟹鉗，和菠蘿包一樣，都是名不符實的食物！

姐：酥炸蟹鉗不是蟹鉗？就像賽螃蟹，用蛋白來模仿蟹肉？

父：酥炸蟹鉗，雖然不是將整隻蟹鉗酥炸，但是餡料裡有蟹肉，和手打蝦膠混在一起，所以並沒有違反商業說明條例！

母：以前結婚擺酒，一定會有酥炸蟹鉗！

姐：因為好意頭？但新婚跟蟹好像沒有什麼關係……

母：炸蟹鉗看似好簡單，其實當中的步驟好複雜，不是一般在家中可以做到！

父：先將肉蟹拆件，拆出蟹鉗後用水沖洗，確保沒有碎殼仕蟹鉗表面，用水煮熟後，就要處理蝦膠。

母：蝦膠必須細心處理！把海蝦洗淨再抹乾後，拍散，切碎，拌上鹽、糖、胡椒粉、魚露等香料，用人手攪拌。記住！一定要用人手攪拌！

姐：這麼麻煩？沒有現成的蝦膠嗎？

父：乖女，好味道的食物，都需要耐性和功夫！

母：除了用人手攪拌，還要適時加入蛋白和生粉，以方便撻成膠狀。

父：最後，加入肥肉和花枝，增加香味和口感。完成「百花」後，就繼續處理蟹鉗。

姐：「百花」？不是蝦膠嗎？

父：過往以蝦膠製作的粵菜，通常稱之為「百花」。粵菜中，有「百花餡」這個術語，因為是由蝦膠和蟹肉一起撻成，有「百花叢中一點紅」的意思。

母：但是，後來為了控制成本，就抽起較昂貴的蟹肉，只用蝦膠製作的菜式，亦被稱為「百花」。

父：上枱時，熱騰騰，一口咬落去，還會冒煙的！

姐：所以，酥炸蟹鉗，只是酥炸蟹肉混合蝦膠？

弟：一個球狀的東西，另加一隻蟹腳尖。

姐：這樣⋯拍照真的漂亮嗎？

弟：要拍照漂亮，一定是椒鹽鮮魷！不只有立體感，每條魷魚都炸到金黃色，好有生命力！

父：金碧的炸蟹鉗，比外面一般酒樓的大隻，絕對是抵食夾大件！蘸少少甜酸汁，非常好味！非常正斗！

弟：金碧的椒鹽鮮魷，香脆、不油膩、肉質剛好不會太硬！現在很多地方的椒鹽鮮魷，粉漿和魷魚是分開的，但是強哥的上漿技巧在香港是名列前茅，這樣高質素的椒鹽鮮魷，在其他地方是食不到的！

父：酥炸蟹鉗，金黃飽滿，寓意財源滾滾。

弟：椒鹽鮮魷，不單只財源滾滾，還代表年年有餘！

姐：酥炸蟹鉗，椒鹽鮮魷，既有意頭，拍照又漂亮！選擇哪一款好呢？

父：酥炸蟹鉗！

弟：椒鹽鮮魷！

姐：可不可以酥炸蟹鉗和椒鹽鮮魷雙拼？

母：不可以！

父：為什麼不可以？

母：煎炸的食物，熱氣上火囉！

父：如果妳怕熱氣上火，一於食錦滷雲吞啦！

母：一樣是煎炸的食物！一樣是會熱氣上火！

弟：金碧的錦滷雲吞，聽說很特別！

母：這裡的錦滷雲吞，有幾特別呢？

父：大大片的雲吞皮，炸到金黃色，又薄又香脆，而且做成扁平，方便客人用手拿著進食。

姐：用手拿著進食？這麼污穢！

弟：老豆，你錯重點啊！金碧的錦滷雲吞，雲吞皮只是配角！主角應該是大大兜，材料豐富又美味，超級無敵的甜酸醬！

母：這個甜酸醬，如何「超級無敵」呢？

弟：我上網搜尋了一回，要製作這個甜酸醬，首先將青椒、紅椒、菠蘿、洋蔥等等的配料爆香，然後加入雞肉、豬肉、蝦仁、豬肝、同埋叉燒，最後用生粉水勾芡，再混合適當比例的梅子、番茄醬和 OK 汁，這個超級無敵的醬汁就大功告成！

母：不算太複雜！只要有你們幫手，我們在家裡也可以煮到囉！

姐姐和弟弟立即迴避母親的目光。

父：我記得強哥講過，這個甜酸醬是錦滷雲吞的精髓，所以他堅持親自調製醬汁，最重要是要落冰糖，煮出來就不會太「杰」，味道亦會更加鮮甜！

母：其實，你們知不知道，相傳錦鹵雲吞是一道喜慶菜？

弟：我知道啊！醬汁有多種不同顏色的食材，象徵「錦繡良緣」！甜酸，和廣東話「添孫」同音……

母：我們又未「添孫」，為什麼要請大哥食這味菜呢？

父親以怪責的眼神望向姐和弟。

父：你們兩個還不快點努力？加油啊！

弟：只怪我輸在起跑線，愛情路上比其他人坎坷！

姐：像你這樣的宅男，怎會有正常女孩喜歡你呢？

弟：妳的男朋友，都是「甩皮甩骨」吧！

姐：至少我談過戀愛，而且不只一次啊！

母：但是，沒有一次有好結果囉！我早已叮囑了妳要學懂煮飯！

姐：我再講多次，不是他們拋棄我，全部是我拋棄他們的！

母：阿女，就算妳不懂煮飯，最少都要學懂煲湯！

姐：我懂煲湯啊！而且是妳最擅長的青紅蘿蔔湯！

母：阿女，要留住男人的心，先要留住男人的胃！

姐：母親大人，即使留住男人的胃，未必留得住他們的心！

弟弟察覺到火藥味，擔心殃及池魚，立即拉開話題。

弟：母親大人，如果妳不想食錦滷雲吞，不如食紅燒元蹄！都是金碧的特色招牌菜！

父：紅燒元蹄，寓意一家團圓、和氣。難得勝哥返香港，一家人齊齊整整，這味菜非常適合！

母：紅燒元蹄，只要有足夠爐具，我們在家裡也不難煮囉！

姐：元蹄，即是豬手？

弟：元蹄是豬的大髀，皮厚、筋多、肉瘦，食起來好有嚼勁，肥而不膩。

姐：紅燒，用火燒到紅色的煮法？

父：紅燒，是「燒」的其中一種烹調法，因為會加入大量的醬油、冰糖作為調味料，令菜肴呈現紅啡色，所以叫做「紅燒」。

姐：好啊！紅噹噹，拍照漂亮啊！

母：紅噹噹，妳以為是結婚擺酒嗎？只是家常便飯，應該清淡一些囉！蠔豉生菜包，這是我最喜歡的金碧招牌菜！

弟：只有蠔豉和生菜？不夠特別啊！

母：除了蠔豉，還有馬蹄粒、冬菇粒，以炸米粉碎墊底。米粉炒得很乾身，真正的不油膩。用大大塊清脆的生菜包起一齊食，又健康，又好味！

姐：用生菜包起食，拍照不漂亮啊！

父：我想到了！一於食豉汁蒸蟠龍鱔！不是煎，也不是炸，健康又好味，還可以拍照漂亮！一次過滿足三個願望！

姐：好啊！大大條蟠龍鱔，應該好多人會給 like 的！

母：豉汁蒸蟠龍鱔，如果你買到一條新鮮靚鱔，在家裡未必煮不到！

父：我最喜歡強哥秘製的那個豉汁，可將鱔肉的鮮甜昇華，不是一般的好味，而是非常好味！識食，一定會加多碗白飯來撈汁！

母：撈汁，不健康囉！

父：我記得勝哥最喜歡白飯撈汁！

母：大哥是大哥，你是你！

父：讓我破戒一次可以嗎？

母：不可以！你下個月要覆診！

父：我記得勝哥最喜歡食豉汁蒸蟠龍鱔啊！

母：真的嗎？我記得大哥最喜歡食的，是大馬站煲囉！

姐：大馬站煲？大馬？馬來西亞菜？

弟：大馬站煲，是一道廣東的煲仔菜，材料有火腩、豆腐、薑片、最重要是蝦醬，所以又名為豆腐火腩煲。

姐：原來是另一種「男人的浪漫」！但是，為什麼叫做「大馬站煲」？

父：話說在清朝光緒年間，當時兩廣總督張之洞巡經廣州的大馬站，見到當地驛夫和苦力午飯時竟然食煲仔菜，非常好奇，就派下屬去查問菜名。

弟：這個下屬是北方人，不懂廣東話，講到不清不楚，苦力以為他是來問路，就回答「大馬站」，這個下屬就這樣回覆張之洞。

父：張之洞回家後，叫家中的廚師複製，這味菜就正式名為「大馬站煲」。

姐：這個美麗的誤會，比「男人的浪漫」更浪漫啊！

母：老爹，你不可以食火腩，只可以食豆腐！

父：老婆，你竟然不介意我食豆腐？

母親假咳，表示不滿。

弟：老豆，你這個梗，好爛啊！

父：好爛嗎？我上網看好多網紅，都是這樣搞笑的！

弟弟突然被父親一言驚醒。

弟：等等！我想到了！我們不要食豉汁蒸蟠龍鱔！有一位美食達人說過，在金碧，可以食到最肥美的蜜汁燒鱔啊！

姐：哪個美食達人說的？我認識的嗎？

弟：強哥家姐貞姐的契女，外號「戰狼」的 Fiona Ho！

父：蜜汁燒鱔，其他地方都可以食到啦！

弟：但是金碧的蜜汁燒鱔球是最肥美的啊！

姐：蜜汁燒鱔球？嗯…拍照真的漂亮嗎？

弟：豉汁蒸蟠龍鱔，黑鼆鼆，蜜汁燒鱔球，紅噹噹，妳說哪個拍照更漂亮？

姐：這樣…好像是蜜汁燒鱔球拍照更漂亮！

父：識食，一定食豉汁蒸蟠龍鱔，再叫多碗白飯來撈汁！

母：我再講多次，「撈汁，不健康囉！」。

弟：我和家姐都支持食最肥美的蜜汁燒鱔球！

父親突然處於下風，立即變陣，先破解一對子女的聯盟。

父：乖女，如果妳喜歡紅噹噹的菜式，我叫隻金皇蒜香脆皮雞，給妳拍攝漂亮相片！

弟：脆皮雞？這麼簡單？特別一點吧！叫一隻在其他食不到的金華玉樹雞！又健康，拍照又漂亮！

母：金華玉樹雞，在家真的不容易煮到囉！

姐：金華玉樹雞，即是金華火腿蒸雞？玉樹是代表綠色蔬菜？

母：怎會只是這麼簡單？金華玉樹雞的重點，是將金華火腿片切成和雞件大細一致，然後和冬菇、雞件像三文治的排好，拿去隔水大火蒸。

弟：上枱前，淋一個玻璃芡，再用翠綠的蔬菜圍邊，紅、白、綠相間，賣相賞心悅目。

父：金碧另一著名招牌菜，八寶鴨，都不簡單，我覺得更賞心悅目！

母：八寶鴨，只要有你們幫手，在家未必煮不到囉！

姐：八寶鴨？用八種材料去煮鴨？還是伴碟？拍照漂亮嗎？

父：八寶鴨，是八種材料塞入去了骨的大鴨裡面，再隔水蒸至軟身，相傳是乾龍皇最喜歡的菜式之一。

姐：這麼有趣？八寶鴨有哪八種材料？

父：多數都是用好意頭的材料，金碧的八寶鴨，八款材料分別是蓮子、百合、栗子、鹹蛋黃、雞粒、燒鴨粒、冬菇粒、以及乾瑤柱。

弟：八寶鴨，妳示會喜歡！拍照不漂亮啊！

父：食八寶鴨，最重要並不是拍照！

姐：還有什麼比拍照更重要？

父：拍 video！

姐：拍 video？

父：食八寶鴨，妳一定要拍 video！慢慢將鴨劏開，將八款材料逐一呈現於觀眾面前，好有儀式感！還有一種揭秘的快感！

姐：原來如此，這樣真是要拍 video 了！

母：其實，劏開八寶鴨，和劏開鮮蝦荷葉飯，是完全沒有分別囉！

姐：八寶鴨，有八種材料，比鮮蝦荷葉飯有更多材料，應該會有更多人like！

弟：如果想食鴨，為什麼不食荔茸香酥鴨？

姐：荔茸香酥鴨？用荔枝來煮鴨？

父：不是荔枝，這是「荔浦芋」，比一般芋頭大隻，煮熟後，既香口又鬆化，外形像橄欖，表皮粗糙，劏開後，裡面有檳榔紋，所以又名叫「檳榔芋」。

弟：香酥荔茸鴨，是著名的功夫粵菜，製作過程繁瑣，將蒸熟壓成蓉，亦即是茸，的荔浦芋配去骨鴨肉，好特別！而且好好味！據說可以同時體驗到四種幸福的口感！

姐：四種幸福的口感？

弟：香酥荔茸鴨，特別製作成一口的大細，外層芋茸香脆，內層鴨肉入味，而且肉嫩油香，還有綿密清甜的荔浦芋茸增加口感。一口咬下去，三種滋味傾巢而出，味道層次豐富，令人回味無窮。

姐：你不是說有四種幸福的口感嗎？

弟：第一層酥油，酥！第二層芋茸，綿！第三層鴨肉，嫩！第四層鴨皮，香！

父：你只是在網上搜尋資訊，根本沒食過八寶鴨，亦沒有食過香酥荔茸鴨！這兩款鴨我都食過！我和勝哥都食過！識食，一定食非常適合拍 video 的八寶鴨！

弟弟知道不夠數據反駁父親，立即改變策略，嘗試投姐姐所好。

弟：如果妳要在網上「呃 like」，當然要有金碧的鎮店之寶，杏汁白肺湯！

母親假咳，表示不滿。

弟：豬肺洗得好乾淨，杏汁又好香濃……

母假咳更大聲，表示更不滿。

母：做人要腳踏實地，不應該呃呃騙騙囉！

姐姐不想跟母親正面衝突，將矛頭指向弟弟。

姐：我警告你！我有實材實料，絕對不是「呃 like」！

弟弟叫屈時，姐姐卻突然指桑罵槐。

姐：但是，杏汁白肺湯，應該會比青紅蘿蔔湯更多人 like！

母親大聲假咳幾聲，表示強烈不滿。

父親知道母親很生氣，立即嘗試打圓場。

父：我們將杏汁白肺湯，暫時放在一旁，先整理一下個菜單！

姐：酥炸蟹拑，椒鹽鮮魷，二選一。

母親立即打岔了姐姐的說話。

母：煎炸的食物，熱氣上火囉！

弟：錦鹵雲吞？

母：這個我可以。

弟：魚腸蒸蛋，以及蠔豉生菜包，應該都沒有問題吧！

姐：花雕蛋白蒸海蝦，以及紅燒元蹄，拍照更漂亮啊！

父：加多一個豉汁蒸鱔龍鱔！老婆，我答應妳，我可以不撈汁！

弟：在金碧，可以食到全香港、九龍和新界最肥美的蜜汁燒鱔球啊！

姐：我反而對金華玉樹雞更有興趣！

父：金華玉樹雞和八寶鴨，是絕配！

母：不要忘記大哥喜歡的大馬站煲！

姐：這個大馬站煲，拍照不漂亮啊！

母：我們食飯，不是為了拍照的囉！

弟：大馬站煲太簡單，不夠特別啊！

母：我們食飯，不一定要求特別囉！

父：正所謂「食得是福」，最重要是要好味道！

母：利口不利腹，食得未必是福！

姐：最後，甜品是南瓜西米露，好味又拍照靚！

父：食甜品前，單尾一定是好有鑊氣的乾炒牛河！

母：不可以！乾炒牛河，太油膩囉！

弟：喂呀！在金碧，當然是要食窩蛋牛肉飯啦！

父：乾炒牛河和咕嚕肉，是廚房兩大剋星啊！識食，一定食乾炒牛河！

弟：金碧的窩蛋牛肉飯，遠近馳名，是著名大廚 Eddy Leung 的強烈推薦啊！

父：我記得勝哥最喜歡食乾炒牛河，配余均益辣椒醬，真的是非常正斗！

母：真的嗎？大哥最喜歡食的，我記得是揚州窩麵囉！

姐：揚州窩麵？揚州炒飯的朋友？

父：完全是兩回事！揚州炒飯雖然是以「揚州」命名，其實是起源於廣州的一種雞蛋炒飯，主要材料是叉燒和蝦仁。揚州窩麵的材料，就是「八珍」。

姐：「八珍」？

父：蝦仁、雞片、冬菇、鮮魷、墨魚、叉燒、肉片、豬肝。

姐：原來是八寶鴨的好朋友！

父：乾炒牛河，才是八寶鴨的好朋友！

母：夠了！究竟是大哥喜歡食？抑或是你喜歡食？

弟：我真的不明白！為什麼大人總是喜歡講大話？

父：你知道自己在講什麼？

弟：我們香港人的母語，廣東話！

父：你再講多一次？

姐姐嘗試以另類方法來解決危機。

姐：不如這麼吧！全部都叫，我可以拍攝漂亮照片，Daddy 就看了等於吃了！

母：不可以！做人要有衣食！不可以浪費食物囉！

姐：到底妳想怎樣？這樣不可以，那樣又不可以！

母：一定要食得健康！

姐：就算食得健康，拍照一定要漂亮！

弟：當然，我們要食得健康，拍照亦要漂亮，但是最緊要食物夠特別！

父：一切都是假！最重要好味！「味覺是不會騙人的」！

弟：不好這麼多廢話了，我們一人一票，投票決定吧！

父：喂！這餐是我埋單的！好應該是由我決定食什麼！

母：不可以！你下個月要覆診囉！

姐：不如我們每人分別和舅父食一餐，這麼就可以各自食到喜歡的食物了！

母：不可以！一家人要齊齊整整！

弟：食一餐飯而已，竟然這麼麻煩！我不食了！

母：不可以！你舅父這麼疼惜你！年年都給你大大封派利是！

父：衰仔，你再和你阿媽頂嘴，我下個月就扣你零用錢！

弟弟突然模仿母親的假咳一聲，表示不滿。

父：什麼？不服氣嗎？

弟：哼！我現在呼吸好很十分非常不暢順！我要滋潤一下我的肺部！我要飲一碗杏汁白肺湯！

母：不可以！要飲就飲我的青紅蘿蔔湯！我今次還會加髮菜囉！

弟弟起身，準備反枱。

弟：吼！！！！！！！！！！！！！！！

就在弟弟在內心咆哮大叫時。

作家：今晚抽中終極大獎的幸運兒，是第七枱的……

弟弟竟然中獎了！

弟弟竟然抽中了大獎，余均益辣椒醬。

弟弟喜出望外地領獎，他打算將這瓶余均益辣椒醬，轉贈父親。

因為他知道最喜歡食乾炒牛河的父親，最愛的配搭正是余均益辣椒醬。

弟弟領獎後，那個作家突然邀請了父親、母親和姐姐也一起出來，拍攝大合照留念。

一家四口，開開心心、正正常常、健健康康、齊齊整整的大合照。

※

這是一個關於「選擇」的故事。

亦是一個關於「權力」的故事。

餐桌上的戰爭，永遠不會完結。

【餐桌上的戰爭】/完

第四章

正呀喂！香港味道好鑽鬼！

「各位同學，大家好！」

「我們是『吃喝玩樂研究所』！」

這個下午，安妮和同學們，參與了一場非常特別的課外活動。

慕容老師帶大家來到「吃喝玩樂研究所」，試玩一系列命名為「香港味道」的遊戲。

分別是茶餐廳侍應和茶樓點心妹打扮的一男一女，歡迎同學們的到訪後，開始自我介紹。

「我是愛德華，是今日的主持之一！」

「我是瑪莉亞，是今日的另一位主持！」

「吃喝玩樂，正呀喂！」

「香港味道，好饡鬼！」

「今日我們跟大家玩四個遊戲，都是環繞不同『香港味道』的好玩遊戲。」

「分別是『點心車』、『車仔麵』、『茶餐廳』、還有多個版本的『食好嘢』！」

「這四個精心設計的遊戲，可以讓大家在遊戲中學習，加深大家對香港飲食文化的了解！」

「第一個遊戲是『點心車』，喜歡飲茶食點心的同學，請舉手！」

分別加入了「香港燒賣關注組」的彤彤，以及創立了「香港真灌湯餃關注組」的博文，連同每逢假日都會和「四大長老」上茶樓的女班長莉莉，一起舉手。

「星期日，我和四大長老，一齊去了『陸羽茶室』飲靚茶，食點心。」

「是在中環士丹利街的『陸羽茶室』？歷史悠久的傳統老店啊！」

「『陸羽茶室』，環境優雅。一盅兩件，水滾茶靚，」

「妳知道『一盅兩件』的意思嗎？」

「『一盅』是『焗盅』，或稱『蓋杯』，意思是不用茶壺，而是用蓋杯來泡茶，傳統茶樓的特色，現時在香港已不多見！『兩件』就是代表『點心』。」

「女班長果然見多識廣！」

「大家知道『點心』這個名稱的由來？」

博文立即舉手，如數家珍地回答。

「坊間有多種說法，其中一種說法，源自南宋時抗金的一段佳話：相傳抗金女英雄梁紅玉為了答謝士兵英勇殺敵，下令製作各種糕餅，以表『點點心意』，因此名為『點心』。」

「不！『點心』一詞，早在唐朝已出現！」

安妮的「歡喜冤家」達利，喜愛炫耀自己，沒有舉手就搶著發言。

「唐朝的所謂『點心』，跟我們現時在茶樓吃到的『點心』，根本是兩回事！」

博文立即反駁，莉莉也作出補充。

「唐朝的飲茶風氣盛行，喝茶當然要配一些糕點，所以這些是『茶點』，並不是『點心』。」

「其後，遣唐使將這種喝茶配『茶點』的文化，帶到日本，並且發揚光大。」

博文以為可以讓達利收口，想不到他竟然仍不肯認輸。

「近代中國的點心，大致上可分為南北兩派，口味和長相會因發源地而有所不同。中國以長江為界，北方氣候比較乾冷，主食是以小麥製作的麵食，故此，北方點心多數以麵粉為主要製作材料，例如：北京最有名的點心『驢打滾』[1]、以及相傳是慈禧太后至愛的『碗豆黃』[2]。南方氣候比較和暖，主食是以稻米製成的米糧，亦比北方有較多食材，故此，南方點心比較多元化。」

博文無視達利，高聲向莉莉發問。

「女班長，你們在『陸羽茶室』吃了什麼點心？」

「『釀豬膶燒賣』……」

「我爺爺最愛吃的『豬膶燒賣』啊！」

註1：驢打滾，是北京最有名的點心。在過去農業社會，驢子喜歡在黃沙土地上打滾，而在糕上沾裹的豆粉是驢子拉磨出來的。在外觀上，跟驢子打滾後裹上黃土的樣子很相似，故此被稱為「驢打滾」。

註2：碗豆黃，是以豌豆為原料製作的點心，顏色淺黃，細膩涼甜，入口即化，本來是民間小吃之一，後來成為宮廷小吃，傳聞是因為慈禧太后聽見宮外有小販在叫賣，就將他召入宮，品嚐後覺得很好吃，從此變成慈禧晚年最喜愛的甜點。

彤彤雀躍地大叫一聲。

「其他點心還有：『筍尖鮮蝦餃』、『百花釀魚肚』、『煎粉菓連湯』、『蟹肉棉花雞』、『豉味釀茄子』、『臘味蘿蔔糕』、『椰香煎薄鐣』、『滑雞球大包』、『崧化雞蛋撻』、『竹葉荳沙角』、『蓮子蓉香糭』、『黑芝蔴奶卷』。」

「厲害！妳記得這麼清楚啊！」

男班長佐敦對莉莉豎起姆指讚好。

「我收藏了『陸羽茶室』的星期美點紙……」

莉莉突然別過臉去，有點害羞，避開佐敦的目光。

「不會吧！你們竟然沒有吃『真・灌湯餃』？」

博文突然非常激動地問莉莉，莉莉幾秒後才回答。

「灌湯餃…當日暫停供應，四大長大都有點遺憾。」

「實在是太遺憾了！『陸羽茶室』是香港少數仍然可以吃到『真・灌湯餃』的好地方！」

「最後，爺爺點了一碟餐牌上沒有的『銀芽肉絲煎米粉』，煎米粉鮮甜香脆，我是第一次知道知道米粉有這樣的吃法，總算是在遺憾中留下美好的回憶！」

愛德華和瑪莉亞趁機會將話題拉回他們跟香港飲食有關的遊戲。

「多謝幾位同學的熱烈分享！」

「大家應該都上過茶樓，但大家見過『點心車』嗎？」

莉莉、博文和彤彤，連同其他同班同學，都一起搖頭。

除了安妮。

以及她的「歡喜冤家」達利。

「達利，你見過『點心車』？」愛德華問達利。

「我在網上偶然見過！『點心車』，將點心放在車上售賣，遊走於茶樓內，佔用茶樓的很多空間，亦需要額外人手，不合成本效益，所以已被淘汰！」達利模仿專家的口吻。

「達利，你知道有多少款『點心車』？」愛德華繼續問達利。

「『點心車』無論有多少款式，都已被淘汰了！都是過去式！」達利有點不可一世的語氣。

「安妮，妳見過真實的『點心車』嗎？」瑪莉亞問安妮。

「見過。」

「不要騙人！妳在哪裡見過？」

達利跟安妮的關係好複雜！達利的外婆和安妮的爺爺，竟然是青梅竹馬，小時候更是居住在同一街上！[3]

因為一場小風波，讓達利的外婆和安妮的爺爺重遇，兩家人的關係變得親密，達利卻變得更針對安妮。

「在『倫敦大酒樓』。」

「對！旺角的『倫敦大酒樓』，是現時香港少數仍有『點心車』的好地方！」

「安妮，妳知道有多少款『點心車』？」瑪莉亞繼續問她。

「應該有五款，『蒸籠車』、『煎糕車』、『腸粉車』、『糖水車』、還有一款透明的車。」

愛德華和瑪莉亞突然變了一個小魔術，二人雙手各自變出兩張卡牌，合共八張不同款式「點心車」的卡牌。

註3：詳見《回憶中的香港味道》卷一【轟轟烈烈的美味情緣】。

愛德華手上的四張卡牌，都是「蒸籠車」，瑪莉亞左手拿著的兩張卡牌，分別是「腸粉車」和「煎糕車」，而她右手拿著的兩張卡牌，分別是「糖水車」和「珍寶車」。

「安妮的答案正確！」

「大家一起為她鼓掌！」

由慕容老師帶頭為安妮鼓掌時，達利滿不是味兒。

「哼！根據網上的資料，現時香港還有很多地方有『點心車』！例如：中環的『蓮香樓』……」

「對不起，『蓮香樓』早已結業了！」愛德華趁機會挫一挫達利的銳氣。

「仍有『點心車』的是在上環的『蓮香居』！」瑪莉亞對彤彤親切的說：「『蓮香居』有妳爺爺最愛吃的『豬膶燒賣』！

「哼！『點心車』只算作第二代，第一代茶樓點心阿姐在胸前掛個大鐵盤，放滿點心，客人看到喜歡的點心，就可以自己拿取。」

「在胸前掛個大鐵盤？太辛苦了吧！」

「而且，鐵盤可以擺放的點心不多，慢慢就被『點心車』取代了。」

「就像『點心車』已被『點心紙』淘汰！」達利不甘示弱。

「你知道嗎？早前在疫情嚴重時，有日間護理中心為了接受照顧的長者，讓他們可以繼續享受熟悉的社區生活，非常有心思將中心變身成茶樓，不只有自家製的『點心車』，還佈置了『龍鳳呈祥』等圖案，讓長者可以沉浸在他們的集體回憶中。」

「又如何？這不是證明了『點心車』已過時嗎？」

「你知道嗎？在日本東京開業的港式茶樓『桃菜』，最大賣點正是在香港快被『淘汰』的『點心車』！」

「又如何？外國的月亮特別圓？」

「這是屬於香港的文化軟實力！」

「很多人在失去了才懂得珍惜！」

「哼！我不認識『點心車』，難道就考試不合格？難道就考不上大學？」

「今日活動的工作紙，其中一條問題，是關於『點心』和『點心車』的！」

慕容老師雖然笑容燦爛，達利卻感到莫名其妙的壓力，立即收口。

「好！我們先簡介遊戲裡的五款『點心車』。」

「『蒸籠車』，是最常見的『點心車』。」

「一架標準的『蒸籠車』，可以容納八棟標準蒸籠，每棟最少十籠，即是每架『蒸籠車』同時最多可以有八十個標準蒸籠的點心。」

「除了標準蒸籠，有些茶樓也會使用大蒸籠，在大蒸籠內擺放不同點心，或糕點。」

「『蒸籠車』有兩個用途，可以擺放蒸籠點心及糕點，還有原盅蒸飯。」

「原盅蒸飯，亦有人稱之為盅頭飯，以區別碟頭飯。傳統用瓷盅，因為熱力均勻，近年部分茶樓轉為不鏽鋼盅，因為耐用。」

「無論是瓷盅，或是不鏽鋼盅，在蒸籠裡熱騰騰的原盅蒸飯，只要加上師傅特製的甜豉油，油香、肉香和飯香都得以昇華。」

「達利，你在網上偶然見過的『點心車』，應該就是這一款，對嗎？」

達利沒有回答，瑪莉亞和愛德華繼續一唱一和，簡介其餘四款「點心車」。

「『腸粉車』，就像是個大鐵箱，鐵箱的內籠可以保溫，最多可以收藏疊起三層高的不同腸粉。」

「車上可移動的蓋面，在取出腸粉後，就可以變成添加醬料的枱面，善用每一寸空間，充滿了前人的智慧。」

「『糖水車』，就像『腸粉車』，都是個大鐵箱，但內籠分為一格格，每格存放不同的糖水。」

「『糖水車』有時也會變身流動粥檔，近年甚至會存放豬肉炆蘿蔔、以及鮑魚汁鳳爪，這些有湯汁的食物。」

「『煎糕車』，有一塊煎板，可以即場為客人煎腸粉、蘿蔔糕、芋頭糕、馬蹄糕等，客人還可以有不同要求，例如要求阿姐煎燶一點，或是加多一些醬汁。」

「『煎糕車』，特別在車身角位加設了排氣孔，用來疏導煎板散發的油煙，就像一個活動的廚房。」

「安妮所說的『透明的車』，有人稱為『保溫車』，有人稱為『炸物車』，亦有人稱為『甜點車』，我們卻將之命名為『珍寶車』。」

「『珍寶車』包羅萬有，主打煎炸的食物，包括：炸春卷、煎堆仔、炸雲吞、炸芋角、炸鹹水角等，還有其他港式小食，例如：叉燒餐包。」

「但最重要是有不同款式的甜品，包括：焗西米布甸、橙汁卷、芝麻卷、及我個人最喜愛，最令人懷念的雨傘七彩啫喱糖！」

「這款『點心車』，旁邊設有透明趟門，跟其他的『點心車』不同，不用問推車的點心阿姐，車裡有什麼食物，完全是一目了然！」

「有人讚賞可以節省時間。」

「但我認為少了一點樂趣！」

「其實，還有一款『灼菜車』，顧名思義，就是用來為客人灼蔬菜。」

「因為我們的遊戲以『港式點心』為主，所以沒有『灼菜車』。」

「夠了！我們今日不是來上課的！究竟你們的『點心車』遊戲是什麼玩法？」

安妮留意到達利並非只是不耐煩，而是有點煩躁不安。

「這個遊戲，可以最多十二人一齊玩！」

「遊戲由當月生日的玩家開始。」

「如果有多於一名當月生日的玩家，就以女玩家開始。」

「如果有多於一名當月生日的女玩家，就以猜拳決定。」

「如果沒有當月生日的玩家，就以最年輕的玩家開始。」

「如果有多於一名最年輕的玩家，都是同年同月同日出生，我先恭喜你們！」

「『女士優先』是這個遊戲的重點！如果同齡的都是女玩家，就以猜拳決定。」

「這個遊戲，共有一百零八張卡牌，其中八張，就是我們手上的『點心車』卡牌。」

「另外的一百張卡牌，分為小點、中點、大點和特點，分別是茶樓常見的不同『點心』。」

「六十張卡牌是『蒸籠點心』、『腸粉』、『煎物』、『炸物和甜點』、以及『糖水和粥品』，各十張。」

「遊戲開始時，先將八張『點心車』卡牌亮起，然後將不同的『點心』卡牌分門別類，各自洗勻。」

「十張『腸粉』卡牌，洗勻後，牌面向下，放在『腸粉車』的卡牌前。」

「其他三款卡牌，洗勻後，牌面向下，『煎物』放在『煎糕車』的卡牌前、『糖水和粥品』放在『糖水車』的卡牌前、『炸物和甜品』就放在『珍寶車』的卡牌前。」

「六十張『蒸籠點心』卡牌，洗勻後，分為四份，各十五張，牌面向下，放在四張『蒸籠車』的卡牌前。」

「這個遊戲，共有兩個玩法，先講解較為簡單的玩法。」

「玩法一，遊戲共有五個回合。每個回合，每位玩家，都可以在喜歡的『點心車』，抽取最上方的一張卡牌。」

「每位玩家只有一百元現金的消費額。小點、中點、大點和特點的『點心』，分別是八元、十八元、二十八元和三十八元。」

「這個玩法，要求大家在有限的金額下，吃到最多的『點心』。」

「到最後，仍未『爆煲』的玩家，就以剩餘金額最少者為勝方。」

「如果有兩位或以上的玩家剩餘金額相同，就以女玩家為勝方。」

「記住，『女士優先』是這個遊戲的重點！」

「如果有兩位或以上的女玩家剩餘金額相同，就以猜拳決勝負。」

「以猜拳決定先後次序，勝者為先，在卡牌數量最多的一架『蒸籠車』，按次序各自抽取最上方的一張卡牌，以價錢低者為勝方。」

「如果點心價錢相同，繼續抽牌，直至分出勝負為止。」

「貧窮限制了你的想像！另一個玩法呢？」達利開始搞破壞。

「另一個玩法，就是每個回合出一架『點心車』，不同玩家鬥快去搶取他們喜歡的點心……」

「我討厭飲茶食點心！下一個遊戲！」

「『車仔麵』也是一個卡牌組合遊戲，以六張卡牌，在自由選擇的前提下，配搭出多元化又美味的車仔麵組合。」

「這個遊戲共有五十四張卡牌，其中八張是『車仔麵女神』，代表不同的主食或菜底，其餘四十六張卡牌，就是不同類型的『食物牌』。」

「這個遊戲，可以讓兩名至八名玩家一齊玩！」

「遊戲開始前，每位玩家獲派發一張『車仔麵女神』。」

「在特定條件下，可以發動這位『車仔麵女神』的技能。」

「只要配搭出一碗分數最高的『車仔麵』，就可以勝出遊戲！」

「『車仔麵』，即是『嗱喳麵』，我沒興趣！我要食『滿漢全席』！」

達利繼續搞破壞。華倫、家輝、博文、麗英、彤彤、詠怡、連同男女班長佐敦和莉莉，以及其他同學，都刻意不理會達利。

除了安妮。

安妮留意到達利今日有點反常，卻說不出他有什麼問題。

「在『點心車』和『車仔麵』以外，我們還有一個名為『茶餐廳』的遊戲。」

「這是一個類似《模擬城市》，以『建造』和『開發』為主題的遊戲。」

「每位玩家擔任不同『茶餐廳』的老闆，努力經營為顧客帶來幸福！」

「這個遊戲的重點，每位老闆在賺錢同時，絕不可以忘記『幸福』！」

「每位玩家扮演茶餐廳的老闆，遊戲開始前，先選定一款『幸福食物』。」

「這款『幸福食物』，可以是『乾炒牛河』、『星州炒米、『豆腐火腩飯』、『西多士』或『酥皮蛋撻』！」

「正所謂『施比受更為有福』，如果有客人點選了這款『幸福食物』，老闆就會加分……」

「廢話！吃『乾炒牛河』就可以幸福嗎？吃『星州炒米』就可以幸福嗎？吃『豆腐火腩飯』就可以幸福嗎？吃『西多士』和『酥皮蛋撻』就可以幸福嗎？」

達利比平日更過火，慕容老師打算制止他時……

怎料，一直沒有作聲的麗英，突然嘆了一口氣。

「我爺爺最愛吃『金錢雞』，其次就是『乾炒牛河』。現時住在醫院的他，希望在有生之年，能夠再有機會吃到『乾炒牛河』……」

想不到國強也突然感觸起來。

「最疼惜我的表哥，暫時離開了我們，他最愛吃『豆腐火腩飯』，他告訴我，這是『男人的浪漫』……」

最意外是華倫突然高歌一曲。

「師傅出手　運氣表演功夫
每日送上各位這份甜
搓一搓粉　做個水皮油皮
層層疊妥再落個蛋漿
最愛嘅溫度　要新鮮出爐
就焗到酥皮焦脆黃蛋心都震
每個熱到噴出幸福千里香」

華倫竟然以歌劇震音唱出由林海峰填詞及主唱的《蛋撻》！

愛德華忍不住加入，跟華倫一起合唱。

「做最香香香　酥皮蛋撻
用最港港港式　古傳手法
人情味　人龍食客
食啦　襯熱　自拍」

瑪莉亞也順勢加入，為二人唱和音。

「一夜間　新北曼城
臨送別最後散水餅必吃
一夜間　天色轉變
黃偉業　劉瑪莉
來約定重聚某天見
蛋撻香不變」
安妮突然被感動了，拍掌和應。
「做最香香香　酥皮蛋撻
用最港港港式　古傳手法
曾同隊　離愁別緒
面對面吔撻　從此分隔
在每一天一天太多掙扎
就咬一口新鮮快樂嘅撻」
其他同學雖然不熟悉此曲，卻在淡淡然的離愁別緒中，一同有節奏地拍掌。
「留低去做一個

令你窩一窩心 每一個撻
微小確幸一個 隨時嚟甜一吓」

華倫唱罷，全場師生一同鼓掌叫好。

除了達利。

安妮察覺到達利突然悶哼了一聲。

「『點心車』、『車仔麵』和『茶餐廳』，都是卡牌遊戲和桌上遊戲，或許會過於靜態。」

「不如我們直接跳去今日的壓軸遊戲：『食好嘢』！」

「大家請移玉步到有隔壁的『大型活動室』。」

大家來到「大型活動室」，驚訝地板上竟然有一個大型棋盤！

十格乘十格，共一百格的正方形，畫了各式各樣街邊小食的大型棋盤！

「『冷糕』啊！」家輝突然大叫一聲。

「『龍鬚糖』？」國強喜出望外。

「還有『啄啄糖』？」嘉欣難以置信。

安妮看見棋盤上有個公園，旁邊有大約二十個路邊攤檔，售賣各式各樣的街頭小食，除了家輝爺爺和嫲嫲最懷念的「冷糕」、國強爺爺最喜愛的「龍鬚糖」、嘉欣嫲嫲最喜歡的「啄啄糖」、以及達利外婆和安妮爺爺的至愛「炸油糍」，其他美食包括：牛雜、炸大腸、豬腸粉、飛機欖、炒栗子、糖蔥餅、砂糖夾餅、煎釀三寶、港式滷味、炭爐煨魷魚、韭菜豬紅蘿蔔、咖哩魚蛋和魷魚、碗仔翅和生菜魚肉、鹽焗雞蛋和鵪鶉蛋……

安妮還看見棋盤上有一家人從長方形的木頭車購買俗稱「口立濕」的涼果後，小販找續的零錢，和破爛紙袋裡的涼果，分別散落地上，跌往不同方向；炭爐煨魷魚的濃煙向上升；「飛機欖之父」郭鑒基[4]唱著《賣欖歌》[5]，將他特製的甘草欖「掟上樓」；公園內有兩個小孩，將醬爆瀨尿牛丸當作乒乓球互相對打……

棋盤上，個別方格的特別設定，可以讓不同玩家移動至其他方格，既可以快速前進，亦有機會大幅倒退。

安妮覺得很有趣。

同學們都很雀躍。

除了達利。

「『食好嘢』，是蛻變自印度傳統遊戲『蛇梯棋』[6]！」

註4：郭鑒基（1924年至2013年12月9日），人稱「飛機欖之父」，他在14歲時，從掟石頭取得靈感，與三名友人合夥買入當時流行廣州的小食「欖子」，然後混入甘草、陳皮、丁香、玉桂、鹽、糖等香料醃製後包裝，以獨創的「掟上樓」的方式銷售。據說郭鑒基醃製的飛機欖酸中帶甜，不容易變壞，而且甘草有止咳、潤喉等功效，很受街坊歡迎。1970年代高峰時期，郭鑒基每天做2小時就售出約200份（大約10斤）的飛機欖，成為一時佳話。

註5：《賣欖歌》由郭鑒基自創，歌詞如下：「咁靚嘅飛機欖，的確係冇得彈。生津止咳，下火又除痰。若有傷風兼病患，我負責寫包單，你食咗至好行。想買企定嚟，我飛粒畀你，你唔好貶眼。好靚嘅夫妻和順欖， 包你兩公婆食咗冇得彈！」

註6：蛇梯棋，英文「Snakes and Ladders」，是一種源自於印度的擲賽遊戲，棋盤上除方格外，還繪有梯子（前進）和蛇（後退），以骰子隨機決定棋子的前進步數，途中若抵達梯子或蛇的格子會移至其他格，以抵達終點為勝利。1980年代，在香港一本小學英文教科書的其中一頁，刊載有關此遊戲的棋盤。

「這個遊戲，我們構思了幾個版本，這個是【掃街篇】。」

「我們還有【飲茶篇】，以及我個人最喜歡的【打邊爐篇】！」

「『食好嘢』的玩法，大家應該不會陌生！大家一齊上棋盤吧！」

「我誠意邀請慕容老師為大家擲骰子。」

「同學們，我們一齊『食好嘢』！」

※

遊戲完結後，在安妮的歸家路上，達利突然出現在她的面前。

「如果妳要請我們吃『散水餅』…」

「嗯？」

「一定不可以是『酥皮蛋撻』！」

「嗯！」

「蛋撻，我不吃酥皮，我只吃餅皮！」

「嗯。」

「妳要記住，我只吃『餅皮蛋撻』！」

「我為什麼要請大家吃『散水餅』？」

「我昨晚偷聽了爸爸和媽媽的對話⋯⋯」

「嗯。」

「聽說妳們一家打算去英國⋯⋯」

「嗯！」

「即使再見不到妳，我也不會傷心的！」

「嗯？」

「因為我一直都好討厭妳⋯我們一直都不算是朋友⋯⋯」

安妮終於明白是什麼一回事。

安妮忍不住笑了。

「哈！」

大笑了。

「哈！哈哈！」

停止不了的大笑了。

「哈！哈哈！哈哈哈！」

「妳怎麼突然大笑？妳太捨不得我，神智失常了嗎？」

「哈哈哈！你不用擔心！」

「我怎可以不擔心？我現在需要帶妳去看醫生？」

「我們家不是移民，爸爸和媽媽只是去英國旅行！」

「妳們家不是移民？」

「爸爸一直很想去他的英超愛隊主場看比賽，媽媽就一直很想去看神秘的巨石陣！」

「妳們家真的不是移民？」

「未來的事情，大家都不清楚。但是在今年內，應該不會移民。」

「嗯。」

「爸爸和媽媽不在香港時，會由你外婆和我爺爺，一起照顧我！」

「嗯？」

「到時候，我們會經常見面。」

「嗯！」

「你不可以欺負我啊！」

「妳…妳真的很討厭！」

說罷，達利突然滿臉通紅，羞澀地急步離開。

看著達利消失於視線盡頭，安妮突然有種甜絲絲的感覺……

【正呀喂！香港食玩好饡鬼！】／完

第五章

From London with Love

槍林。彈雨。

刀光。劍影。

掌風，指勁。

這是一場三方勢力結集的大混戰！

這是一場「愛」與「和平」的「終極之戰」！

「嘭嘭嘭嘭！叭叭叭叭！砰砰砰砰！啪啪啪啪！嘣嘣嘣嘣！」

A小姐，A國的情報員主管，豔麗性感的她，此刻已經殺得性起。

A小姐槍法如神，踏著芭蕾舞似的步伐，兩手不斷更換各款槍械，彷彿有用不完的子彈，包括可以轉彎的神奇子彈，殺掉不少敵方的情報員。

「西多士！菠蘿油！油占多！炸雞髀！紅豆冰！凍檸七！絲襪奶茶」

B先生，B國的情報員主管，高貴打扮如紳士的他，此刻沒有一絲憐憫。

B先生擅長近身戰鬥，左手拿著長劍，右手提起大刀，一黑一白，一陰一陽，一柔一剛，一輕一重，一邊說著他喜歡的茶餐廳食物和飲品，一邊解決像是等待被屠宰的敵方情報員。

「依宏宏，依宏宏，砵仔糕，砵仔糕。依宏宏，依宏宏，車仔麵，車仔麵。依宏宏，依宏宏，煲仔飯，煲仔飯。」

C9，C國的情報員主管，外貌如同家庭主婦的她，此刻竟然散發出凌厲霸氣。C9 精通已失傳的古拳法術，超越了書本上的知識，完全違反了所有科學理論，在她唱頌梵音似的奇怪咒語時，沒有一個敵方的情報員可以接近她的身邊，只要踏進以她為圓心的兩米半徑範圍內，輕則被她的指勁彈飛趕走，重則在她的掌風下當場吐血身亡！

為了爭奪啟動「終極武器」的複雜密碼，潛伏在這個城市的三方勢力情報員傾巢而出，雲集位於鬧市的「倫敦大酒樓」，起初只是輕輕鬆鬆的吃喝玩樂，怎料突然由在枱底進行的明爭暗鬥，演變成為碗碟橫飛的三國大戰……

我的戰友都逐一犧牲了！

127 在 B 先生的刀下身首異處。

138 被 B 先生的利劍刺穿肚皮。

020、019、609、612、616和619，同時命喪於A小姐的機槍重炮。

101雖然以最後一口氣勉強逃過了C9右手中指的「中衝劍」，卻避不開她左手尾指的「少澤劍」，在半空中七孔出血，爆出一陣陣淒美血花。

嗅覺異常靈敏的我，嗅到危險的味道，察覺到危機逼近的一刻，立即躲藏在枱下，雖然有失體面，卻及時避過一劫！

劇情突然大逆轉，面對預期以外的挫敗，有人會選擇繼續向前衝，有人會選擇改變往後退，此刻的我一邊吃著「倫敦大酒樓」的招牌甜品「原隻椰皇燕窩炖鮮奶」，一邊等待反敗為勝的最佳時機……

※

不好意思，以上只是我的妄想劇情。

作為一個多年來沒機會立功的低級情報員，我的日常工作，都只是手板眼見功夫。

我每日的工作都好簡單，只是負責收集和提供情報，可能是記錄某間茶餐廳的是日午餐的不同選擇，或是查探某間老店是否準備結業，又或是將一碗油麻地名店「恆達油渣麵」的星期四例湯「菜乾豬肺湯」速遞到中環香港大會堂……

我甚至沒有被組織分發任何實體的武器。

我可以用來保護自己的，就只有我的寶貴知識。

我對這個城市的歷史知識。我對這個城市的語文知識。我對這個城市的飲食文化知識。

還有我擁有特殊體質的身體。

今天，上級突然總動員！我和其他情報員，從不同渠道受到上級的指示，在同一時間集合在臥虎藏龍的「倫敦大酒樓」。

我們的相同任務，就是要在有限時間內，找出可以啟動「終極武器」的複雜密碼！

沒有人知道「終極武器」是什麼！只知道這是由超級喜歡香港美食的瘋狂科學家 Dr. Yes 所研發，可以在一瞬間顛覆全世界所有人類思維，改寫全人類歷史的「終極武器」。

我們完全不知道「終極武器」是什麼東西，卻要找出可以啟動「終極武器」的密碼，會否太搞笑呢？

你知道最搞笑的是什麼嗎？我收到的指示，只是假裝成普通市民，和親友在「倫敦大酒樓」大吃大喝一餐！

雖然真的很搞笑，但作為一個「低級情報員」，一直很努力工作、期待出頭天的我，感覺到屬於我的機會終於來臨了！

我自問已經有足夠的覺悟，要解開「終極武器」的複雜密碼，絕對不會是簡單的任務！因為 Dr. Yes 不是一個簡單的科學家。

根據我們組織收集到的可靠情報，Dr. Yes 為「終極武器」所編製的複雜密碼，竟然是由「倫敦大酒樓」的三款食物所組成，而且會定期作出改動，按照他在「倫敦大酒樓」用餐時的選擇而定！

這正是今天我們全員被召集在「倫敦大酒樓」的原因。

※

當我來到「倫敦大酒樓」，我按指示直上三樓的「龍鳳大禮堂」。

傳統粵式酒樓大多數都設有「囍」字禮堂，最大特色是當中一對貼有金箔的龍鳳雕像。「龍鳳大禮堂」於六十至八十年代非常風光，是在九十年代到千禧後開始式微。

今日這裡很熱鬧，幾乎座無虛席。我被安排搭枱，而且是要和其他兩國的情報員搭枱。

我按照指示，假裝成為成普通市民，跟同樣是情報員的「女朋友」和她的「父母」一起吃飯。因為我是一個廿四孝男朋友，提早來「霸位」是很合情合理，也可以趁機會預先視察環境。

另外兩國的情報員，都以尋常的身份作為掩飾，但是我的嗅覺異常靈敏，我在身上嗅到危險的味道，而且是充滿文化差異的味道。

男部長以枱布劃分三個國家的區域後，問我：

「飲什麼茶？」

我沒有回話，卻提起右手的食指，指了指右耳。

經驗豐富的茶客，有一套以身體語言和茶樓侍應溝通的方法，來表達他們要飲哪款茶葉，充滿了傳統智慧。

以手指嘴，代表水仙[1]，取「口水」的意思。

以手指鼻，代表香片[2]，取「茶香撲鼻」的意思。

以手指耳，代表普洱[3]，取「洱」中的「耳」字。

註1：水仙茶，跟水仙花並沒有關係，是福建烏龍茶的一種，原產於閩北，現以漳平水仙茶為主要代表。閩南話的「水」是「美」的意思，故此在美麗的仙山上採得的茶葉，便取名為「水仙」。水仙茶滋味甘醇，潤喉而不傷胃，主要功效：醒腦提神、健胃、通腸、排毒、去濕。

註2：茉莉花茶，是屬於花茶類和再加工茶的一種，又稱為「茉莉香片」，簡稱「香片」。製作材料是茶葉和茉莉花，因此能兼有兩者的香味。香片的主要功能：提神醒腦、緩解壓力、減肥、養顏、清熱、抗衰老。

註3：普洱茶熟茶是以雲南省一定區域內的雲南大葉種曬青毛茶為原料，經過後發酵加工成的散茶和緊壓茶。據說元朝有一地名叫「步日部」，後來寫成漢字「普耳」（當時「耳」無三點水），「普洱」一詞首見於此。普洱的主要功效：清熱、消暑、解毒、幫助消化、去肥膩、利水通便、止咳生津、延年益壽。

以手指眉，代表壽眉[4]，取「壽眉」的「眉」字。

過了一會，男部長拿了一壺普洱給我。普洱是屬性溫的黑茶，具有解膩作用，跟點心是絕配。我每次飲茶食點心，都會選擇普洱。

我一邊飲著普洱，一邊假裝不經意地觀察這個「龍鳳大禮堂」。

根據我們組織收集到的可靠情報，「終極武器」的複雜密碼的線索，極有可能包括：點心車、乳豬全體、一對有金箔的龍鳳雕像……

即使是同為國家效力的情報員，但因為隸屬於不同組織，彼此也不時會明爭暗鬥，輕則只是獨佔寶貴資訊，重則會破壞其他組織的行動！

故此，我們小隊今日的對手，並非只是敵國的情報員，還有其他不同組織的「自己人」。

註 4：壽眉，有時稱作貢眉，是以菜茶有性群體茶樹芽葉製成的白茶。用茶芽葉製成的毛茶稱為「小白」，以區別於福鼎大白茶、政和大白茶茶樹芽葉製成的「大白」毛茶。壽眉的主要功效：清涼解毒，明目降火、退熱、祛暑。

※

我發現了 Dr. Yes！

他獨自坐在一對龍鳳雕像前的四人枱。

他雖然刻意低調，但我一眼已看穿他的偽裝和易容。

當然，我並非用「眼睛」看穿他，而是全靠我異常靈敏的嗅覺！

根據我們組織收集到的可靠情報，我知道他很喜歡吃街邊的臭豆腐，正是從他身上微弱的臭豆腐氣味找到他。

這是一個重大發現，但是我選擇不動聲色，一來不想讓同枱的敵國情報員有所察覺，二來謹慎的我認為需要請示上級。

然而，就在我準備向上級發資訊時，我竟然看見不可思議的一幕——

Dr. Yes 身處的那張四人枱，突然多了三名「客人」坐下來！

這三名「客人」，絕非普通人，我從他們的身上，嗅到 SSS 級危險的味道！

我有理由相信，他們都是高手中的高手，很大機會分別是三個國家在這個城市的情報員主管——

A小姐、B先生和C9！

今日的任務，將會比想像中更艱鉅！

既然這樣，我們必須先好好大吃大喝一餐！

※

我的「女朋友」和她的父母，準時到達「龍鳳大禮堂」。

小隊其他成員齊集後，我作為「男朋友」，開始為大家點選喜歡的點心。

另外兩國的情報員，分別是「同事」和「同學」的關係，他們點了蝦餃、燒賣、粉果、鮮竹卷、臘腸卷、叉燒包、糯米雞、鮮蝦腸粉……

在我觀察「龍鳳大禮堂」時，發現共有六輛遊走中的點心車：三輛蒸籠車、一輛腸粉車、一輛煎炸車、以及一輛旁邊設有透明趟門的珍寶車。

這時候，一輛只剩餘少量蒸鳳爪、蒸排骨和金錢肚的蒸籠車，悄悄駛近我們這一枱，我立即每款點心各點了一籠。

我將點心卡交給這位點心妹蓋印時，看似很隨意的問她：

「今日有沒有豬潤燒賣？」

「今日只有鵪鶉蛋燒賣。」

這是我們組織的暗號，代表「計劃有變」。

「我女朋友想吃棉花雞，我未來外母最愛吃豬腳薑，我未來外父一定要吃鮮竹牛肉球！」

我表明了這個小隊成員的身份。

「今日有什麼精選點心？」

我的「女朋友」裝作好奇地問她。

「家鄉咸水角，好受客人歡迎的！」

禮貌地回答後，點心妹將點心卡交還給我。

推著珍寶車的點心妹，是「自己人」，她將會有其他情報提供。

然而，當我點了雞扎、馬拉糕、煎蘿蔔糕、鮮蝦銀針粉、咸魚肉餅原盅蒸飯，仍未有機會跟這位「自己人」接觸，現場竟然出現峰迴路轉的變化！

Dr. Yes 突然站起身，高聲說話。

「歡迎各位情報員，今日來陪我吃飯！為了答謝大家的厚愛，我特別為大家設計了『金豬龍鳳宴』！」

全場鴉雀無聲。

「大家今日齊集在這裡，目的應該一致，相信都是為了『終極武器』的密碼！我準備跟大家玩一個遊戲！」

各方勢力的情報員都進行作戰狀態。

「大家都應該知道，我將密碼分為三部分，都是跟我今日點選的食物有關！大家如果想得到密碼，就需要過三關！」

我屏聲靜氣，觀察 Dr. Yes 身邊三位高手的動靜：A 小姐一臉興奮、B 先生自信微笑、C9 卻是木無表情。

「密碼的第一部分，是『點心』；密碼的第二部分，是『金豬龍鳳宴』的其中一味懷舊菜式；至於密碼的第三部分，我暫時賣一個關子。」

我突然有種強烈的預感，密碼的第三部分，好大機會是甜品或糖水，因為我剛才完全看不見糖水車……

然而，我還有一個非常重大的發現！Dr. Yes 先後兩次提及「金豬龍鳳宴」時，都刻意強調了「龍鳳」兩個字。

我立即望向Dr. Yes身後一對貼有金箔的龍鳳雕像，難道正是密碼的重要線索？

這對懷舊的龍鳳雕像，究竟有什麼玄機？

「遊戲的第一關，就是要選中跟我相同的點心！選不中的情報員，就要被淘汰了！現在我公佈結果……」

Dr. Yes的三款點心分別是：雞扎、金錢肚和煎蘿蔔糕。

太好了！我選中了這三款點心！我們的小隊沒有被淘汰！我們可以進入「金豬龍鳳宴」的第二關！我們將會面對非常殘酷的人性大挑戰！

我們在「倫敦大酒樓」的「世紀龍鳳鬥」，正式開始！

【From London with Love】/完

第六章

人生就是不斷的打邊爐！

這是他們在今個月的例行越洋團聚。

一起在網上暢所欲言實時分享彼此生活。

即使天各一方，仍可以品嚐和承傳家鄉美食。

屬於他們的、不能被取代的、回憶中的香港味道。

※

他們分別是大強、偉業、興發與福榮。

在英國的大強、在台灣的偉業、在加拿大的興發、以及仍然留在香港的福榮。

由中學時代開始，他們已經是感情要好的好朋友。雖然如今天各一方，卻在福榮建議下，舉行每月一次的網上飯聚。

現在是香港時間晚上十一時多、英國時間下午四時多、加拿大溫哥華時間早上八時多，香港和台灣沒有時差；他們分別在電腦前吃下午茶、早餐和宵夜。

興發和妻子在家中、偉業和女朋友在逛夜市、大強和其他香港球迷正在球場附近的茶餐廳，福榮卻獨自留在他去年接手經營的火鍋店……

※

大強：福榮，你今晚又一支公打邊爐？
偉業：他在火鍋店，不打邊爐，難道打冷？
興發：為何不可以？我上星期和老婆去的火鍋店，九時後有打冷宵夜！
福榮：我今晚搞搞新意思，自製「海底狗肉鍋」！
偉業：狗肉！？（國語）不敢相信！[1]
興發：現在香港可以吃狗肉！？

註1：「不敢相信！」是台灣賣座電影《關於我和鬼變成家人的那件事》裡由林柏宏飾演的「死Gay」毛毛的口頭禪。

福榮：我當然不是吃狗肉！這是斑腩，正式名稱應該是「冬菇枝竹蘿蔔火腩斑腩鍋」。

大強：太子「百利火鍋」的「海底狗肉鍋」，用煮狗肉的方法來煮斑腩，非常好味！你這一鍋味道如何？

福榮：還可以吧！

偉業：下次要講清楚！嚇了我一跳啊！

興發：說不定，香港很快就可以合法吃狗肉了！

偉業：（國語）不敢相信！

福榮：興發，你和嫂子上星期去的火鍋店，就是「春秋火鍋」？

興發：你竟然知道「春秋火鍋」？

偉業：香港的「春秋火鍋」？在加拿大開了分店？

大強：香港那一間是「春夏秋冬火鍋」啊！

偉業：我記得香港也有一間「春秋火鍋」！

福榮：對！香港曾經有一間「春秋火鍋」！

偉業：結業了？什麼時候？

福榮：早在十多年前已結業了！

偉業：難怪我真的記錯了？

福榮：當年的「春秋火鍋」，我記得是在旺角砵蘭街。

偉業：難道…當年我們去信和買 VCD 後，曾經一齊去滾滾滾？

大強：我是好景四樓的 VIP。

興發：我完全不知道你們在說什麼！

福榮：嫂子在旁邊不方便嗎？我們繼續討論「春秋火鍋」吧！

興發：「春秋火鍋」開業超過三十年，是溫哥華最有名的港式火鍋店，英文店名是「Landmark Hotpot」。

大強：「Landmark」？令人懷念的中環置地廣場！

偉業：果然是港式火鍋！我們下次來溫哥華，一齊去滾滾滾！

興發：好啊！有人跟我說「春秋火鍋」在溫哥華的本店爆紅後，輾轉回流香港開分店，說不定當年就是開在砵蘭街。

大強：當年的砵蘭街，和現在的砵蘭街，完全是兩回事！

偉業：當年的香港，和現在的香港，同樣完全是兩回事！

興發：據說溫哥華的「春秋火鍋」，味道超過三十年仍不變！

福榮：你們點了什麼湯底？這裡最出名的是「滋潤健脾乳鴿湯」！

興發：你也知道「春秋火鍋」的鎮店之寶？開始像個火鍋店老闆了！

福榮：我還知道「春秋火鍋」的另一獨特湯底——「滋補鯊魚骨湯」！

偉業：這些特色湯底，在香港已不容易找到！

興發：我們點了秘製沙嗲湯，配特級肥牛和手切肉眼邊！

大強：最後加個公仔麵，煮一鍋沙嗲牛麵，簡直是完美！

興發：我記得你喜歡的應該不是公仔麵，而是出前一丁。

福榮：永南食品早已經被日清食品收購，都是一家人了！[2]

偉業：沙嗲牛麵，我喜歡配「福字麵」，味道「零舍不同」！

註2：公仔麵是香港永南食品有限公司生產的著名即食麵品牌。1960年代末，公仔麵以「三分鐘可以煮熟」為噱頭上市，迅速為香港市民接受，從此成為港人稱呼即食麵的代名詞。1989年，日本日清食品株式會社收購永南食品，永南成為日清食品的附屬公司

福榮：「福字麵」亦已經被日清食品收購，同樣是一家人了！[3]

偉業：「福字麵」，可以煮熟食，亦可以當零食，充滿了美好的童年回憶！

大強：以前趁小息，去學校小食部，食碗熱騰騰的「福字麵」，是屬於我們的集體回憶！

興發：「福字麵」令我想起大嶼山和長洲！以前坐油蔴地小輪，一定會食碗「餐蛋福麵」！

福榮：油蔴地小輪上的小賣部，除了售賣「福字麵」，還有「Hyfco 麵」。

偉業：「Hyfco 麵」？完全沒有印象！

福榮：「Hyfco 麵」是船公司自行找食品廠生產的即食伊麵，「H」代表「Hong Kong」香港，「Y」代表「Yaumati」油蔴地，「F」是「ferry」渡輪，而「Co」就是「company」公司，中文取「Hyfco」諧音，名為「喜高牌」雞味麵，現在已經沒有了。

偉業：選用「福字麵」的沙嗲牛麵，我最喜歡西環的永合成！

註 3：福字麵（英語：Fuku Noodle），簡稱福麵，由台灣統一集團在 1969 年引入香港。2013 年，日清食品株式會社收購福字麵。

興發：永合成不是賣煲仔飯的嗎？最出名的是窩蛋牛肉飯啊！

偉業：永合成的沙嗲牛麵！除了嚴選「福字麵」，還有菜底，但最重要是牛肉即叫即炒，脆邊有鑊氣！非一般的沙嗲牛麵！

興發：哎呀！我竟然錯過了！

大強：你們有沒有食過慈雲山非常有名的沙嗲牛肉煲仔麵？

偉業：榮記茶餐室，我當然有食過啦！濃烈的沙嗲醬，加大量粗粒的花生醬，兩者混合後令湯底更濃郁，每箸麵都好掛湯，好惹味！榮記仍建在嗎？

福榮：在旺角開設副線「煲仔榮記」後，還進駐元朗開新分店！我早前就去慈雲山的總店朝聖。

偉業：仍然保持水準？

福榮：煲仔蓋一開，沙嗲濃湯從煲邊滾起，沙嗲的香味撲鼻而來，視覺和嗅覺的享受！最重要是麵底特意輕輕煮過，因為從廚房到上菜，靠煲仔的熱力可以將麵煮熟而不會過軟，恰到好處！

興發：令我難以忘懷的香港味道，就是港式沙嗲！

福榮：「春秋火鍋」除了沙嗲湯出色，特別介紹的湯底，還有枝竹三文魚頭煲，但我最有興趣的是霸王雞蟹鍋！

興發：你竟然比我更熟悉「春秋火鍋」？

大強：福榮，你在研發新湯底？所以在網上找資料？

福榮：當年移民潮，很多老師傅將正宗和傳統的香港味道，帶到加拿大，值得我好好參考和學習。

興發：老婆剛剛問了朋友，當年「春秋火鍋」在香港的分店，是在銅鑼灣的禮頓道。

偉業：「春秋火鍋」在銅鑼灣？完全沒有印象！

興發：我也沒有印象！說起銅鑼灣，我突然閃過「泉章居」[4]的大招牌，好

註 4：「泉章居」於 1940 年代，由陳奕泉和陳日章在廣東省興寧市創辦，1949 年他們來港後，「泉章居」亦遷往香港。香港首間「泉章居」位於深水埗北河街 138 號，1954 年在石峽尾巴域街 57 號開分店，1961 年 12 月 22 日又在深水埗大埔道 194 至 196 號開分店。後來二人分家，陳奕泉留守老店，並在九龍城另開分店，陳日章就創辦了「醉瓊樓」。「泉章居」現時由陳氏家族第三代打理。

懷念他們的鹽焗雞啊！

偉業：如果叫雞，一定要叫霸王雞！加多一碟梅菜扣肉！

興發：還有好多肥膏的脆皮炸大腸！

福榮：我最懷念「泉章居」的東江炒麵和冬瓜盅。

大強：我對銅鑼灣的記憶，都不是跟飲食有關……

偉業：我一直好奇，什麼是東江炒麵？

大強：你知道「泉章居」是一間客家菜飯店？

偉業：我當然知道，招牌上大大隻字寫著「正宗客家菜」。

大強：東江菜以惠州菜為代表，屬於客家菜的水系流派，傾向多油多鹹的重口味，並且善用各式各樣處理過的醃製菜類，例如酸菜、梅菜、芥菜等食材入菜。

福榮：東江菜與潮州菜、廣州菜，並稱為廣東三大菜系，以東江鹽焗雞、東江釀豆腐、梅菜扣肉等菜式馳名。

偉業：所以，東江炒麵，即是客家炒麵？我記得荃灣有一間「東江大飯店」，應該都是食客家菜的吧！

大強：聽說荃灣以前有「八大客家菜館」，但現時僅存「東江大飯店」一家。

興發：我有個朋友，曾經將「東江大飯店」，列入他「移民前的最後 100 餐」的名單內。

福榮：之前有位住在荃灣的網台主持帶了我去朝聖，我們點了金牌鹽焗、雞油白菜仔、西芹炒腰花、炸大腸和鹽焗珍肝，當晚沒有白果豬肚湯，我們喝了西洋菜陳腎湯，食物質素還可以。

偉業：「東江大飯店」有多少年歷史？

福榮：我記得餐牌上寫著：東江大飯店始於一九七八年。

偉業：歷史悠久的老店，到今時今日仍然能夠保持水準，真的不容易！

興發：可以捱過疫情，沒有倒閉或移遷的，更加不容易！

福榮：「百利火鍋」，已經搬了到對面街，而且是大舖搬細舖。

大強：搬舖對生意影響很大！銅鑼灣的「泉章居」，二零一五年由波斯富街地舖搬到軒尼詩道銅鑼灣廣場後，我已經沒有再幫襯了！

興發：陳氏家族出售原本在波斯富街的物業後，起初是租用銅鑼灣廣場第一期七樓和八樓繼續營業，或許因為你沒有再幫襯，二零一七年改為只租用八樓，但在二零一九年尾已經正式結業。

大強：深表遺憾。

偉業：早前有報導，旺角分店也結業了。

福榮：旺角的「泉章居」，原本在花園街的自置物業，在二零零三年三月出售後，就遷往奶路臣街，就在我的火鍋店附近。

興發：「泉章居」的旺角店，在一九六四年開業，比銅鑼灣店的歷史更悠久，可惜已經在二零二一年尾結業，那個超過七十年歷史，由著名書法家于右任題字，設計獨特的霓虹招牌，亦已經被折御了……

大強：曾幾何時，香港以獨特的霓虹燈街景聞名於世，旅遊發展局更加曾經以此作為推廣城市的賣點……

福榮：但是隨著社會的變遷，特別是政策上對霓虹招牌的諸多限制，令香港損失了這個重要的本土文化符號，也令這門傳統工藝近乎沒落。

偉業：「真係估唔到香港嘅夜景原來係咁靚！咁靚嘅嘢一下就冇晒，真係有啲唔抵！」[5]

註5：電影《英雄本色》裡，由周潤發飾演的Mark哥的名句。

大強：「泉章居」現時只剩下二零一四開業的上環分店。

福榮：轉個說法，「泉章居」現時仍然保存著上環分店。

偉業：仍然保持水準嗎？

福榮：我未有機會去幫襯，但不少食家仍然高度評價，除了平靚正，最重要是上菜快！

偉業：在香港做飲食，真的越來越不容易！

福榮：特別經過了這三年的疫情，很多人都改變了飲食習慣！

興榮：開始流行了兩餸飯。

福榮：最致命是六時後禁堂食，很多食店真的守不住！

偉業：我實在不明白，那隻病毒，是白天睡覺，在晚上才出來殺人？就像《狼人殺》？

福榮：雖然其後放寬至十時，但已經徹底扭轉了大家對晚飯的認知和消費模式！

大強：以前我們相約晚飯，多數是七時半，甚至八時後，但現時我很多仍然留在香港的朋友，竟然早到六時已開餐，九時多已嚷著要回家！

偉業：不只沒有了夜生活，現在流行外賣送餐，很多人都不會選擇到外面的餐聽了！

興發：當中受打擊最大的，應該是火鍋店吧！

福榮：就像是一場大海嘯，慶幸我仍守得住。

大強：我之前已跟你說過，你開火鍋店，應該來英國！

興發：其實，加拿大也可以的⋯

偉業：台灣的話，競爭會較為激烈，但我對你有信心！

福榮：我沒有後悔留在香港。「這裡有最好吃的菠蘿包，有最好喝的奶茶」[6]，也有最多元化的打邊爐！

大強：但你後悔接手了這間火鍋店？

註6：許鞍華導演的《威尼斯影展領取終身成就獎講辭》節錄：「我想趁這次機會多謝香港這個城市，我在這裏長大，在這裏受教育，在這裏拿獎學金去讀電影，回來後又不停給與我創作靈感，讓我賺到錢，做到事，這裏有最好吃的菠蘿包，有最好喝的奶茶，我非常之感謝香港，希望以後可以多些幫這個城市做事，多謝！」

福榮：我不會否認，當日決定接手這間火鍋店，是有點一時衝動。

偉業：我記得你說過「不要為明天憂慮，因為明天自有明天的憂慮，一天的難處一天當就夠了。」[7]

興發：我們沒有未來，也沒有過去，只需要「今朝有酒今朝醉」！

大強：你想保留屬於香港的味道，屬於我們的味道，其實不用「盡地一煲」！你應該開一間「打邊爐博物館」！

福榮：接手這間火鍋店後，我有種新的感悟。

偉業：沒有問題是一餐邊爐解決不了的！有的話，就打兩餐吧！

福榮：差不多，我領悟到「人生就是不斷的打邊爐」。

大強：「開心，打邊爐。不開心，也要打邊爐。」

福榮：在這段時間，我反覆思考一個問題。

興發：如何辛辛苦苦賺錢交租？

福榮：一個比金錢更重要的問題。

註 7：《聖經》馬太福音六章 34 節。

大強：如何平平安安地做生意？
福榮：我在思考「人生的意義」。
偉業：這個命題，會否太誇張呢？
福榮：簡單一點，我在思考「這間火鍋店的存在意義」。
大強：你是在思考「這間火鍋店在今時今日的香港有何意義？」。
福榮：又或者是「這間火鍋店對今時今日的香港人有何意義？」。
偉業：這個話題，會否太沉重呢？
興發：十倍沉重的問題，香港的情況如何？
福榮：你知道我一定會回答：好！很好！非常好！
興發：一百倍沉重的問題，火鍋店的生意如何？
福榮：嗯……不算太好，但是，還可以。
偉業：香港不是「復常」了嗎？
福榮：視乎你怎樣定義「復常」。
大強：火鍋店的生意，已「復常」嗎？
偉業：十二時左右，你看我在台北的夜市多熱鬧！他卻可以在空無一人的店內和我們網上飯聚，這算是「復常」嗎？

福榮：我接手初期，生意還算不錯，但在疫情過後，不同國家和地方放寬旅遊入境限制，就開始每況愈下了。

偉業：不用再隔離，也不用打針，當然第一時間「返鄉下」啦！

福榮：除了日本，韓國、台灣和泰國，都是熱門旅行目的地！當然，還有好多人喜歡上大陸和過大海[8]。

興發：這樣香港真的「復常」了。

大強：不是有很多內地同胞來「振興香港經濟」嗎？

偉業：據我所知，他們都只是到土瓜灣吃兩餸飯的窮遊團！

興發：其他自由行的遊客，都只是跟隨「小紅書」去消費。

大強：我看過一篇報導，標題是「內地客追捧 CCD 相機，鴨寮街變尋寶地」！

偉業：這是一段 Youtube 短片，我也看過，很認同檔主的一句話「港人唔要嘅垃圾變寶」！

註 8：香港人慣稱前往澳門為「過大海」。

興發：哎呀！我之前移民，丟棄了一批 CCD 相機！[9]

大強：可能已輾轉流入鴨寮街！

偉業：然後再回歸祖母的懷抱！

福榮：我看到另一篇報導，標題是「十大香港人不會去的香港打卡『熱點』」，鴨寮街榜上有名！

大強：其他香港人不當一回事的打卡「熱點」，我知道還有富豪雪糕車。

福榮：我那位作家朋友，笑說有可能跟他上一本小說封面出現富豪雪糕車有關。

大強：還有舊油麻地警署、麥當勞道、「金魚街」[10]和快富街，真的令人難

註9：CCD 相機，是在高畫質數碼相機推出前，曾經流行的低像素數碼「傻瓜相機」，全稱「Charge Coupled Device」。

註10：位於旺角道與水渠道之間的一段通菜街俗稱「金魚街」。該地段開設了不少水族店和寵物店，售賣不同品種的觀賞魚和水族用品，以及貓、犬、蜥蜴、龜、蛙等寵物及用品。

以理解！

偉業：去快富街打個卡，就可以「一晚暴富」？居住在快富街的香港市民，早應該比李嘉誠更富有！

興發：我最接受不到的是，為什麼要拿著麥當勞外賣，老遠跑去麥當勞道朝聖打卡？

大強：貼題又有意思的香港街頭打卡，應該是拿著一瓶豉油去豉油街，拿著一棵通菜去通菜街，又或者拿著一籃西洋菜去西洋菜南街。

偉業：聽說近期流行扮「學生妹」，穿著香港傳統學校的校服打卡！

興發：只怪大陸的校服太醜了！感謝英國人留給我們寶貴的文化遺產！

福榮：就像「麥當勞道沒有麥當勞」，既荒謬又充滿戲劇性，正是屬於香港的文化軟實力！

興發：麥當勞道的英名是「MacDonnell Road」，舊稱「麥當奴道」，於一九五七年改名，麥當勞的英名店名卻是「McDonald's」，根本就是兩回事！

偉業：據說是因為陳奕迅的一首流行曲。

興發：陳奕迅有哪首歌曲提及麥當勞道？

大強：由「軟硬天師」重新填詞的版本！

興發：「軟硬天師」？林海峰和葛民輝？

福榮：大家記得嗎？他們在二零零六年舉行的《軟硬天師 -Long Time No See》演唱會，是由麥當勞贊助，陳奕迅是其中一晚的嘉賓。

偉業：我開始有點印象了！

大強：這兩位搞笑高手，將陳奕迅的《夕陽無限好》，「即興創作」成為麥當勞廣告歌！

福榮：麥當勞漢堡

大強：好！好！好！

福榮：麥當勞薯條

大強：條！條！條！

福榮：麥當勞奶昔

大強：奶奶奶奶奶奶奶！

福榮：麥當勞雪糕

大強：Go！Go！Go！Go！Go！Go！Go！

福榮：麥當勞叔叔

大強：I'm loving it！

福榮：I'm loving it

大強：Ba！Da！Ba！Ba！Ba！

福榮：麥當奴道點解冇麥當勞?

大強：真係 Fantastic！

興發：飯 tastic！[11] 我記起了！

偉業：我也記起了！然後陳奕迅獻唱《夕陽無限好》，到第二段副歌時，阿葛和阿 Jan 突然亂入，最後變成三人大合唱！

福榮、大強：麥當勞漢堡

偉業：好！好！好！

註 11：2006 年麥當勞推出「飯 Tastic」，以煎得香脆的珍珠米飯代表麵包，混和香菇與薑片，加豉油和麻油壓製而成，中間夾著漢堡扒或脆雞，配搭少許青菜，有別於麥當勞過往的漢堡包。

福榮、大強：麥當勞薯條

偉業：條！條！條！

福榮、大強：麥當勞奶昔

偉業：奶奶奶奶奶奶！

福榮、大強：麥當勞雪糕

偉業：Go！Go！Go！Go！Go！Go！Go！

福榮、大強：麥當勞叔叔

偉業：叔！叔！叔！叔！叔！叔！

福榮、大強：麥當勞沙律

偉業：I'm loving it！

福榮、大強：Ba！Da！Ba！Ba！Ba！

偉業：麥當奴道點解冇麥當勞？

福榮、大強、偉業：真係Fantastic！

偉業：最後，陳奕迅就唱了一句「麥當奴道應該有一間麥當勞」！

興發：真相竟然如此？

偉業：一切謎底已經解開！

福榮：這正是屬於香港的文化軟實力！

興發：果然是既荒謬又充滿戲劇效果！

大強：當年的陳奕迅，和現在的陳奕迅，完全是兩回事！

偉業：當年的香港樂壇，和現在的香港樂壇，同樣完全是兩回事！

興發：福榮，你應該為你的火鍋店創作一首主題曲吧！

福榮：我正有這個打算，考慮將《燒雞翼》改編為《打邊爐》。

偉業：我女朋友認識好多香港的獨立音樂人，需要她介紹給你嗎？

福榮：好啊！這些音樂人什麼時候方便來打邊爐？我們先交個朋友。

大強：你那個作家朋友，據說可以一日打五餐邊爐，你有向他求助嗎？

福榮：他已經幫了我很多！除了介紹不少客人給我，還帶了我去很多不同的火鍋店取經學習。

偉業：「人生就是不斷的打邊爐」！難怪！

大強：你們去了哪些火鍋店？說不定我也曾經幫襯！

福榮：我們走訪了很多不同類型的火鍋店，由「美味廚」開始。

偉業：在灣仔的「美味廚」？

大強：對！米芝蓮必比登推介的「美味廚」。

興發：等等！「美味廚」不是在去年已結業了嗎？

福榮：已結業的「美味廚」，是位於銅鑼灣，曾經被稱為「食街」的加寧街，屹立超過四十年的著名老店。

大強：這間「美味廚」，主打上海菜，招牌菜包括排骨菜飯、菜肉雲吞、酸辣湯等等，勝在即叫即做，而且抵食夾大份，曾經是不少街坊的飯堂。[12]

興發：我一直沒機會幫襯這間「美味廚」。

偉業：你有幫襯過灣仔的「美味廚」嗎？

興發：也沒有。

大強：我以前在港島區工作，去過「美味廚」不只一次，我最懷念這裡的「五式麵拼盤」。

註12：銅鑼灣著名上海菜館「美味廚」在2022年5月29日正式結業。

偉業：五種顏色的麵條拼盤？

大強：是五種款式，不是五種顏色。

福榮：分別是天使麵、稻庭烏冬、日本綠茶麵、日本素麵、以及日本喬麥麵。各適其適，任君選擇。

大強：另外，我也很喜歡美味廚的豆腐製品拼盤，包括日本絹豆腐、潮州五香豆腐、脆炸腐皮卷、鮮腐皮和素雞，健康又美味！

福榮：豆腐營養豐富，高蛋白質、低熱量、可消除疲勞、恢復體力，預防高血壓和高血脂、甚至強化骨骼，多吃豆腐，可以養生，身體健康是非常重要的！

偉業：對！最重要身體健康！好好生活下去！

興發：「美味廚」有什麼值得你參考的特色湯底？

大強：太多了！我個人首選中西合壁的「疏乎厘蟹皇蕃茄忌廉湯」，但我也很喜歡「蛋黃醬焗雲南野菌湯」，兩款湯底都好鮮甜！

福榮：我們我點了鴛鴦湯底，潮州海蜆湯，拼甘荀粟米馬蹄西芹湯。

大強：兩款湯底，都不會搶走牛肉的好滋味！

福榮：我們吃了日本佐賀A5肉眼和牛，入口溶化，牛味豐富，牛香濃郁，油花分佈平均，真的是牛肉極品！

大強：你們吃了什麼海鮮？我好懷念橄欖油浸基圍蝦！

福榮：我們吃完海蜆，加了兩隻奄仔蟹。

大強：畫龍點睛！令整個湯底脫胎換骨。

偉業：夠了！我又肚餓了！我等會要去食三杯蝦、花枝酥、蛤蜊絲瓜……

興發：「美味廚」有什麼特色手打丸？

福榮：手打雞肉鵪鶉蛋丸，以及彩虹七色墨魚丸。

偉業：彩虹七色墨魚丸？我想起西門町的「6號彩虹」[13]。

大強：彩虹七色墨魚丸，分別是：紅燈籠椒墨魚丸、南瓜墨魚丸、黃燈籠椒墨

註13：2019年5月17日，台灣成為亞洲第一個同志可合法結婚的國家，台北市在同年的9月25日於西門町捷運站6號出口處劃設了「6號彩虹」（Rainbow Six）彩虹地景，象徵臺北市在尊重人權、提倡性平及性別友善的積極與努力，也讓這個新的彩虹地景成為臺北市熱門的打卡景點。

魚丸、菠菜墨魚丸、青葱墨魚丸、紅菜頭墨魚丸和紫心蕃薯墨魚丸。

興發：打邊爐，可以沒有靚肥牛，但一定要有新鮮手打丸和手工餃子！

大強：你應該會喜歡佐敦的「合興火鍋」！這裡的手打丸和自家餃子，都是非常好味！

福榮：我們也有到「合興」取經，除了手切肥牛，我更喜歡這裡的新鮮象拔蚌！

大強：果然識食！「合興」的老闆刀功了得！肥牛和象拔蚌都切得好薄、好靚！

福榮：那個象拔蚌刺身，色澤亮麗，晶瑩剔透，簡直是視覺和味覺的頂級享受！

偉業：大大片象拔蚌刺身，大口大口的咬下去，絕對是人間極品！

福榮：我那個作家朋友教導我，享受美食，不是用牙，而是用脷！

偉業：不是用牙，竟然用脷來享受美食？「舌尖上的什麼什麼」？

福榮：不只是舌尖，而是整條脷上的所有味蕾！

興發：聽說正常成年人大約有一萬多個味蕾啊！

大強：舌尖是甜味區，舌頭兩邊前端是鹹味區，舌頭兩邊中間是酸味區，舌根是苦味區，舌頭中央位置則是無味區。

偉業：辣呢？

福榮：辣，不是味覺，而是一種「痛覺刺激」，不會刺激到舌頭上的味蕾細胞。

偉業：竟然如此？你果然是「打邊爐教授」！

福榮：「打邊爐教授」？

偉業：你不知道網民對你的稱號？

福榮：為什麼我是「打邊爐教授」？

大強：因為你經常教導客人嶄新的打邊爐方法。

福榮：說來慚愧，這些都是我那個作家朋友教導我的。

興發：「享受美食，不是用牙，而是用脷」？有趣！

偉業：教授，請問怎樣用脷，不是用牙，去食象拔蚌呢？

福榮：進食切成片的象拔蚌，宜應先品嚐原味，不要沾醬油和芥末，整片放在舌上，讓每一個味蕾都感受到來自海洋的衝擊！

興發：聽起來已很好味！這個周末，我和老婆再去「溫哥華斑點蝦節」，就用你這個方法試試！

大強：食肥牛也是同一道理？

福榮：對！不要沾醬油，將整片肥牛放在舌上，讓每一個味蕾都感受到來自牛肉的衝擊！

偉業：不沾醬油，會否太熱？

福榮：所以要「以湯代醬」。

偉業：什麼是「以湯代醬」？

福榮：用餐前，先盛半碗鍋裡的熱湯，按口味加入適量的調味品，或以幾滴醬油來吊味，待熱湯降至室溫後，就可以用來冷卻從沸騰鍋裡撈出來的食物，並且保留這些食物的原汁原味，這就是「以湯代醬」的奧妙。

偉業：打邊爐，果然是博大精深！充滿了香港人的智慧！

大強：打邊爐，是香港人的生活態度，也是獨有的飲食文化！

興發：打邊爐，不只是以一種湯底或食物為主，充滿無限可能性！

福榮：打邊爐，不只是滾滾滾，將食物煮熟後進食，而是熬湯的過程！

偉業：打邊爐還有什麼重點？

福榮：打邊爐三大重點：第一，「先菜後肉」；第二，「多菜少肉；第三，「不時不食」。

大強：但是，火鍋店的成敗關鍵，往往不是湯底和食材，而是前菜和甜品。

福榮：「美味廚」為每位客人而設的酸薑皮蛋，酸薑足味、皮蛋亮麗，令人垂涎三尺。

興發：「春秋火鍋」的甜品，有豆腐花和雙皮奶，我老婆都好喜歡！

福榮：我們去了另一間火鍋店「二鍋頭」，這裡的雪櫃裡有多款雪糕和雪條，我最喜歡海鹽雪糕和榴槤雪條！「美味廚」和「二鍋頭」，都值得我好好參考！

興發：「二鍋頭」？這麼有趣的店名？

福榮：「二鍋頭」有三間分店，分別在尖沙咀、旺角和沙田。

大強：我曾經去過旺角店，先食煲，再打邊爐，最後食甜品，任飲任食兩小時。

福榮：我們去的是尖沙咀店！這裡有三款煲，分別是二鍋頭惹味雞煲、火焰鴛鴦鴨煲和黑椒豬手煲，各有五種辣度，任君選擇。

興發：我突然好懷念「尚上下夏」的養生雞煲鴛鴦鍋，食完雞煲，我和老婆會加瑤柱群翅雞湯和美顏豆腐牛奶湯來打邊爐，配牛魔王拼盤和海龍王拼盤，完美！

偉業：我記得在「香港芫荽關注組」有組員推介「尚上下夏」，說這是芫荽愛好者首選的火鍋店。

大強：「尚上下夏」曾經有個「新春開運奶茜湯」，湯底以大量新鮮芫荽切碎後和煉奶一同熬製，芫荽香味非常突出！另外，芫荽餐肉餃、芫茜牛肉卷、鮮蝦芫荽燒賣和皮蛋芫荽子薑胡椒餃，都是專為芫荽愛好者而設的！

偉業：現在仍可以食到嗎？

福榮：應該還可以吧…我找機會去查探一下！

大強：「二鍋頭」除了雞鴨煲和豬手煲，在秋冬期間，還有限定的羊腩煲啊！

福榮：對！這個羊腩煲充滿驚喜！我們上次追加了一次又一次！幾乎忘記食完煲還要打邊爐！

偉業：有什麼驚喜？羊肉特別騷？羊皮特別有咬口？抑或是羊腩汁特別香濃？

福榮：帶皮的羊腩，炆得好腍好入味，而且好足料，有齊冬姑、冬筍、枝竹、馬蹄和竹蔗，冬菇既厚肉又大塊，真的是「抵食夾大件」！

興發：這個是正宗枝竹雙冬羊腩煲，不是現時一般市面上的羊腩煲！

福榮：我除了用羊腩汁配炸魚皮和炸響鈴，真正驚喜是配海鮮！正所謂「魚羊鮮」，鯇魚腩和海蝦，跟羊腩汁產生了微妙的效果！當時作家帶了一瓶村上春樹在小說裡曾經有提及的 Cutty Sark 威士忌，令羊腩煲得以昇華！

偉業：羊腩煲配海鮮，太過份了！我等會要去吃個羊肉爐！

大強：「二鍋頭」的幾款煲都好吸引！冠以店名的惹味雞煲，如果可以吃辣，一定要點大辣！我喜歡髀翼雙飛，先食雞翼尖，再食雞髀肉！

福榮：這個雞煲，重點是芫荽！最惹味的，是吸引了精華的洋蔥！

大強：黑椒豬手煲，也是非常好味！我建議中辣，以突出黑椒的味道。豬手很肥美，肉層厚，脂肪多，用手拎住慢慢食，配冰凍啤酒，特別好滋味！

福榮：作家有個特別版，為了爭取時間，黑椒豬手配鳳爪，一次過滿足兩個願望！

大強：我最喜歡的是在其他地方未必食到，非常特別的火焰鴛鴦鴨煲！

福榮：鴛鴦鴨是普通鴨加油鴨，吃法和雞煲沒太大分別，重點是除了芫荽，還有鴨掌！喜歡吃雞腳的朋友，這個煲的鴨掌，也不會令你失望！

大強：這個煲的重點，不是鴛鴦鴨，而是火焰！有專人以玫瑰露酒為你點火，色香味俱全！記得拍攝短片留念！

偉業：太太太過份了！我等會要去吃個薑母鴨！

福榮：「二鍋頭」將會推出一款新煲：火焰牛尾煲，來取代火焰鴛鴦鴨煲。

大強：火焰牛尾煲？我突然想起灣仔「波士頓餐廳」的火焰牛柳！

興發：講真，這是任食火鍋，湯底和食物可以嗎？

福榮：不只是可以！湯底有十款選擇，食物也很有質素！

興發：你應該會點皮蛋芫荽鍋，再配個懷舊沙嗲鍋！

福榮：當晚我們很多人，坐大枱，有兩個爐，一個爐是皮蛋芫荽鍋拼懷舊沙嗲鍋，有好多好多好多芫荽，還有整隻皮蛋，好足料，好清甜！另一個爐就加錢品嚐了新推出的養生滋補鷓鴣鍋。

偉業：鷓鴣！？會否太滋補呢？

興發：這個「養生滋補鷓鴣鍋」，跟「滋潤健脾乳鴿湯」，應該是外房親戚！

福榮：鷓鴣肉厚骨細，營養豐富，壯陽補腎，強身健體，比想像中的更好味！

大強：你們有沒有吃雞子？

偉業：雞子！？（國語）不敢相信！

興發：不會吧！任食火鍋竟然還有雞子！？

福榮：我們當然有吃雞子！還有鵝腸、豬大腸和黃沙豬膶！可惜沒有豬腰。

偉業：太太太太過份了！我等會要去吃個麻油腰花！

興發：任食火鍋應該沒有太多海鮮吧！

大強：我記得海鮮除了鯇魚腩和海蝦，還有蜆、青口、帆立貝和白鱔片，當然還有我最愛的魚皮餃！

偉業：喂呀！魚皮餃不算是海鮮吧！

大強：我記得這裡的牛肉也不錯！如果有人生日，老闆娘會送壽星仔一個精美的「肥牛蛋糕」！

福榮：當晚剛巧是其中一位朋友的生日月份，所以有機會分享了這個用肥牛堆砌而成的生日蛋糕。因為太高興，我們點了「嚴選安格斯牛」套餐，主打的牛板鍵、封門柳和牛胸腹，都好有水準！

大強：我記得「二鍋頭」可以任飲楊協成的馬蹄爽和清涼爽，打邊爐配這兩款飲品，比啤酒更清涼、更爽！

偉業：楊協成，令人懷念的名字。

興發：我突然好懷念佐敦「文記」的古法羊腩煲！

福榮：我們都有去「文記燒臘飯店」！

興發：先食馳名的叉燒和燒鵝，然後食羊腩煲？

福榮：對！壓軸高潮加多一碟鯇魚骨腩，竟然附帶魚鰾，拼出一個非常特別的「鮮」字！

偉業：魚鰾！？太太太太太太太過份了！我等會要去飲虱目魚肚湯，另加魯魚頭、煎魚肚……

興發：以前去「文記」，坐在路邊食羊腩煲，別有一番風味！

大強：麻甩佬的好滋味！屬於我們的 Good Old Days！

興發：你們還去了哪些火鍋店？

福榮：「盛記火鍋」。

大強：在沙田瀝源邨六十多年的良心老店，老闆堅持派麵的「盛記麵家」！

偉業：我有點混亂，究竟是「盛記火鍋」？還是「盛記麵家」？

大強：「盛記」，充滿人情味！黃昏前食粉麵，黃昏後打邊爐，你明白了沒有？

偉業：我完全明白了！

興發：你們點了什麼特色湯底？

福榮：夏日首選，冬瓜元貝靚雞湯！

大強：集合了海鮮、牛肉、豬肉、鵝腸、蔬菜、炸魚角拼韭菜餃，還有我最愛的食皮餃的 $888 特惠套餐，你們也點了嗎？

福榮：有啊！我們額外點了一份醉田雞！

偉業：靚雞加醉田雞，就變成雙雞鍋了！

興發：我上次打邊爐食田雞，是在《無間道》炭爐火鍋店！

福榮：在土瓜灣後巷的「鴻福海鮮四季火鍋」！

偉業：「嘩！咁齊人啊！俾個位嚟啦！」[14]

興發：「如果你係嚟食嘢嘅，我哋大家好高興！其他嘢，過咗今晚先講！」[15]

偉業：「食嘢！食嘢！食嘢！食嘢！」[16]

福榮：之前「鴻福」曾經暫停營業，所以我們去了另一間炭爐火鍋，在深水埗

註14：電影《無間道二》裡，由曾志偉飾演的韓琛的對白。

註15：電影《無間道二》裡，由方平飾演的甘地的對白。

註16：電影《無間道二》裡，由曾志偉飾演的韓琛的對白。

的「金和記海鮮菜館」。

偉業：香港竟然還有另一間炭爐火鍋店？

興發：我記得之前油麻地都有一間炭爐火鍋店，坐在路邊打邊爐，真的別有一番風味！

大強：這是在新填地街和咸美頓街交界的「和味菜館」，已結業了好一段時間！

福榮：在「鴻福」重新營業前，「金和記」是香港碩果僅存的炭爐火鍋店！

大強：「金和記」的舖面好簡陋，擺放了矮摺枱和茶樓的靠背椅。每張枱上面都放有兩塊磚，是用來放置炭爐的。你點了什麼湯底？

福榮：冬瓜瑤柱螺頭鍋，除了配鮑魚、蟶子皇、海中蝦、手切牛肉和花雕牛肉、還有雞子！

偉業：又是雞子！？（國語）不敢相信！

大強：果然識食！

福榮：作家本來打算叫兩碗白飯，用這個冬瓜瑤柱海鮮湯來泡飯，但是阿姐竟然說沒有煲飯！

興發：有遺憾，更完美！你們還去了什麼火鍋店？

福榮：我們去了蘭桂芳探「珍姐」。

大強：「老蘭嫩牛」，位於蘭桂芳的隱藏火鍋店！

興發：你們竟然去蘭桂芳打邊爐？真的令人意想不到！

福榮：「珍姐海鮮火鍋飯店」的湯底和食物質素極度講究，我們當晚點了椰子竹絲雞湯，鍋裡有原隻靚雞，真材實料。打邊爐前，店員先為我們盛一碗湯，讓我們品嚐湯底的原味。

大強：我一直沒機會去幫襯「珍姐」，據說這裡有多個新鮮牛肉的靚部位提供，還有自家手打丸類和即炸魚皮，但是小店座位不多，必須要排長龍。

福榮：必須要排長龍的，還有九龍城的「馬仔粉麵」！

興發：「馬仔」檔隱身於九龍城街市熟食中心，沙嗲湯底好香好濃，還有粒粒花生，完勝附近的某間老店！

大強：打完邊爐，最後加個出前一丁，煮一鍋淋上麻油的沙嗲牛麵，簡直是完美中的完美！

偉業：聽說很多人在九龍城街市遇見發哥！

興發：好抱歉，我這個發哥已經不在香港！

偉業：不是你啊！我說的發哥是周潤發啊！

福榮：想遇見發哥，行山的機率應該更高！

大強：九龍城另一火鍋名店，是「禾牛薈」！

福榮：我們去了「禾牛薈」在尖沙嘴的分店。

興發：招牌禾牛薈湯底，有大大條牛骨，還有牛肚、牛膀、牛筋和牛大腸，好足料，好好味，想起也流口水！

大強：「禾牛薈」的前菜小食非常精彩！油炸鬼混蝦滑的「老友鬼鬼」、脆炸魚片頭和墨魚丸、脆炸蜆蚧鯪魚球、椒鹽魚扣和魚鮫，令人回味無窮！

福榮：最精彩的應該是脆炸榴槤波波！

偉業：你真的很喜歡吃榴槤！

福榮：我曾考慮創作一個榴槤湯底！

偉業：這麼重口味！？（國語）不敢相信！

興發：聽說香港好像已經有榴槤雞煲。

福榮：在尖沙嘴的港式懷舊火鍋店「龍鳳呈祥」，主打特色雞煲，除了榴槤雞煲，還有鹹蛋黃醬雞煲。

偉業：這些重口味的雞煲，也算是懷舊的味道？

福榮：這間火鍋店以七、八十年代舊香港為主題，有綠色通花鐵閘、金龍鳳等裝飾，餐具當然是懷舊的大公雞碗，還設有乒乓球餐桌、霓虹燈牌等不同打卡位。

大強：自從當年「鮮入圍煮」設有舊式街市的海鮮檔，在牆身寫滿模仿九龍皇帝曾灶財的塗鴉，並且貼滿舊年代的海報，讓客人好像置身於懷舊大牌檔，隨後就出現了很多這類以懷舊為主題的火鍋店！

福榮：這些都是屬於香港人的集體回憶！

興發：「鮮入圍煮」的花膠雞湯，是我和老婆的美好回憶！

大強：先喝湯，後食雞。打邊爐前，用雞湯浸豆苗，豆苗特別亮麗美味！食完海鮮，最後泡飯，令人回味再回味！

偉業：聽說「鮮入圍煮」已結業！

福榮：不！只是由旺角搬到尖沙嘴。我們早前都有幫襯，有驚喜！

興發：有什麼驚喜？有比火焰蟹粉海皇鍋更大的驚喜？

福榮：來到「鮮入圍煮」，當然以海鮮為主！當晚除了大海蝦、蟶子和刀貝，還點了一條沙巴龍躉仔。切片打邊爐，連魚頭都好好味！但是，真正的驚喜，卻是在打邊爐後。

偉業：驚喜是在甜品？

福榮：我們打完邊爐，一齊食松葉蟹！很大隻的松葉蟹！

偉業：太太太太太太太太太過份了！我打算先離線一會！

大強：去「鮮入圍煮」打邊爐，識食，一定食海鮮！牛肉，並不是重點！

福榮：在香港，即使有錢，也未必買到靚牛肉！

興發：打邊爐一定要有肥牛！我以前經常去「616 牛肉火鍋專門店」，這裡有超過二十款牛肉種類！脖仁、匙柄、吊龍伴、三花趾、五花趾、金花趾、雙層肉、牛駝峰、橫隔肌、胸口膀、牛頸脊、封門柳、滑尾龍⋯⋯實在令人難以選擇！

偉業：小孩子才做選擇！我全部都要！

福榮：「616」有好多分店，幾乎每區都有一間！但是在尖沙嘴，「禾牛薈」有多重享受！除了有靚湯底和靚牛肉，還有現場歌手和樂隊，氣氛好熱鬧！

大強：「禾牛薈」的其他火鍋配料都不錯！首選自家製手打四寶丸，有牛丸、鯪魚球、蝦丸和黑白墨魚丸，次選自家製的三式餃，有鮮蝦雲吞、韭菜餃和意式牛肉餃，如果配寒天翅瓜滑雞鍋，或是花甲蟹鍋，特別美味！

興發：魚皮餃不是你的最愛嗎？

大強：「禾牛薈」有太多太多好選擇！

偉業：小孩子才做選擇，你應該全部都要！

福榮：我首選的是九龍城魚蛋佬，爽口彈牙，真的在其他地方吃不到！次選是有橡果豬片、豬膶、豬肚、豬腰、豬肺、豬頸肉、豬大腸和豬天梯的「豬多選擇」！

大強：「豬多選擇」，一定要配珍寶豬骨煲，升級變身「豬八戒鍋」！

興發：如果有女士在場，記得加多一份養顏花膠筒！我突然好懷念「鮮入圍煮」的花膠雞湯！

福榮：說起雞湯，大家記得「紅伶飯店」？

大強：在佐敦的「紅伶飯店」？不是結業了嗎？

福榮：重開了！我早前去食馳名醉雞鍋，有驚喜！

偉業：我記憶中的「紅伶飯店」，是食潮州打冷的啊！

福榮：「紅伶」除了高質素的打冷，還有其他大牌檔菜式，但我們是為了雞鍋和羊腩煲而去的！

大強：「紅伶」的羊腩煲，我記得評價很高，雞鍋又如何？

福榮：花雕醉雞鍋，酒香濃郁，雞肉滑嫩，藥膳補身。重點是在湯滾後，讓整碟滑雞隨花雕一起沉醉鍋裡，砂鍋再次冒煙後，立場熄火，耐心再等待兩分鐘，就可以食到回味無窮的靚雞，我特別喜歡連著厚厚雞皮和脂肪的部位！

偉業：你打算將花雕醉雞鍋引進你的火鍋店？

福榮：藥膳火鍋，是我三款新湯底的參考重點！

偉業：竟然有三款這麼多？果然是「打邊爐教授」！

福榮：在有限的資源下，我目前只想到三款新湯底。

大強：其中一款應該是海鮮鍋！

福榮：嚴格上，不只一款湯底跟海鮮有關。

興發：餘下一款，應該是冬瓜湯。

福榮：你記得當年位於香港大坑的「壹樓火鍋」？

興發：當然記得！招牌湯底之一，正是只在夏天供應的「金華火腿冬菇雞腳冬瓜盅火鍋」！

福榮：這個湯底，既清熱又滋補，雞腳含有骨膠原，對女士具有養顏之妙效，我打算配搭花甲、牛筋、豬皮、豬肺和雞花雕雞翼尖，令湯底更豐富，配合肥牛粒和牛頸脊，絕對是美味的最高享受！

興發：記住要加花膠！

福榮：升級版「金華火腿花膠冬菇雞腳冬瓜盅火鍋」！

偉業：另外兩款湯底呢？

福榮：你記得位於油麻地的「煊記火鍋小菜館」？

偉業：我有印象！這是一間正宗順德河鮮專門店！

福榮：「煊記」的筍殼魚湯火鍋，重點是魚夠新鮮、湯夠甜、魚不多骨，先耐心吃完那一尾魚，其後慢慢加入鯪魚球和其他新鮮手打丸，最理想就是配鮮蝦或花甲，讓魚湯變得更豐富，最後來一碗泡飯，大滿足！

大強：先用筍殼魚來煮湯，來用這個魚湯來打邊爐，如果有赤米蝦，真的令人再三回味！

偉業：如果你用這個筍殼魚湯，來涮羊肉，就是另類的「魚羊鮮」組合！

福榮：你跟我的想法差不多！

興發：除了赤米蝦，你還可以考慮加拿大的斑點蝦！

福榮：斑點蝦蝦肉肥碩，口感充滿彈性，鮮甜爽口，蝦頭裡的蝦膏濃郁，是個好建議！

大強：你這兩款湯底，都是源自已經結業的舊店，薪火相傳，有意思！非常有意思！

福榮：大家知道嗎？「紅伶」就是搬到了以前「煊記」的位置！

偉業：（國語）不敢相信！

興發：看你今晚吃得津津有味，你最後一款湯底，應該和這個什麼「海底狗肉鍋」有關！

福榮：不只這麼簡單！大家吃過香港仔的艇仔粉嗎？

偉業：我食過艇仔粥，艇仔粉卻未食過，也沒聽過！

興發：艇仔粉，隱世民間美食，每日不定時在香港仔一帶出沒。

福榮：檔主流叔的小艇，靠在香港仔及鴨脷洲岸邊，你可以打電話跟他預約，他的聯絡方法在網上已廣泛流傳。

大強：艇仔粉即叫即做，放滿叉燒、鴨肉、魚蛋、魚片，份量十足，另外還可加錢轉鴨髀或雞髀，比一般的車仔麵更精彩！

福榮：艇仔粉最吸引我的，是選用大地魚湯，清甜芳香，還帶點胡椒香味，可以選擇河粉、瀨粉或米粉，如果有銀針粉就更好了。

大強：你打算結合「海底狗肉鍋」和「艇仔粉」，泡製出一款集合以上材料的特色湯底？

福榮：我仍在考慮食材的配搭，但我更煩惱是應該名為「艇仔鍋」？「香港仔鍋」？或是「香港艇仔鍋」？

偉業：我揀「香港仔鍋」！

興發：我也是揀「香港仔鍋」！「艇仔鍋」不夠突出！

大強：「香港仔鍋」，英文應該是「Aberdeen」？還是「Hong Kong Boy」？

福榮：這個需要再認真思考一下⋯但如果決定中文名是「香港仔鍋」，我下個月就可以正式公佈！

偉業：下個月？

興發：這麼突然？

大強：下個月是什麼特別日子？

福榮：我打算在下個月，和其他不同光譜的友好火鍋店，一同舉行「打邊爐文化節」！

大強：原來如此，你必須打鐵趁熱！

福榮：「打邊爐文化節」的宣傳口號，我已經想好了！

偉業：我懷疑我想到你想好的口號！

興發：難道我想到的，也和你一樣？

大強：這樣不如我們一齊說出來吧！

福榮、大強、偉業、興發：「人生就是不斷的打邊爐」！

※

最後，這一餐如常吃了超過三小時！直至大強和其他球迷準備入場觀看愛隊參與的盃賽總決賽，以及偉業的女朋友溫馨提示他早點回家……

他們在意猶未盡但愉快的氣氛中道別，就像昔日放學後在福榮位於福榮街的唐樓家中玩耍一樣……

※

即使天下無不散之筵席，
他們仍可以定期在網上暢快地飯聚。
即使天各一方，仍可以品嚐和承傳家鄉美食。
這都是屬於他們的、繼續留傳下去的、回憶中的香港味道。

【人生就是不斷的打邊爐！】／完

第七章

那個下午，我在露台煎西多士

那個悶熱的下午，
我在偶然有點風的露台，
歲月燃燒，一個人煎港式西多士。

※

西多士，根據調查，是香港人最喜愛的茶餐廳食物。

西多士的英語是「French Toast」，中文譯名是「法蘭西多士」，亦有人稱之為「煎蛋麵包」，是一種源自歐洲的麵包食品，但並非始於法國，早在公元四世紀的羅馬帝國時期，已有類似食物在羅馬的烹飪書上記載。

西多士的主要食材是麵包和雞蛋，製作方法很簡單，麵包混合蛋漿後，用食油煎至金黃色而成。西多士在不同地方，有不同食法。西多士是大多數人的下午茶首選，但聽說也有人作為早餐。

西多士，是一種善用剩餘食材的好方法。隔夜麵包稍微變硬，反而會吸收到更多的蛋漿，而且不容易分離。將沾滿了蛋漿的麵包煎至金黃色後，不再新鮮的麵包，已失去價值的麵包，隨時會變成垃圾的麵包，得以重生！

重生！

讓麵包得以重生！

西多士的使命，是要讓麵包得以重生！

※

早年的香港，只有酒店和高級西餐廳為客人提供歐美版本的西多士，通常使用長法包，因為食材是進口貨，當年的西多士是矜貴食品，並非一般市民能夠負擔得起。

到了五十年代，開始有大牌檔提供平民化的西多士，以較平宜的白麵包，取代貴價的法式麵包。因為大牌檔都是使用大鐵鑊，原本西多士是用平底鍋輕煎而成，大牌檔就改為將切片麵包浸入蛋漿後，再放入鑊中油炸，將麵包炸得表面金黃色，邊皮焦脆。其後，茶餐廳承傳了這種港式西多士的製作方法。

港式西多士使用切片麵包，可以先在兩片麵包之間塗抹餡料，之後才放入鍋中油炸，所以能夠做出不同的夾心，最常見的夾心餡料是花生醬或咖央[1]，也有使用果醬做夾心，亦有餐廳會用其他餡料，例如芝士和火腿，也有廚師會選用香蕉或牛油果。

港式西多士除了整片麵包的標準尺寸，有部分餐廳會將麵包切細，做成「一口西多士」，方便進食，賣相也更討好。

食用西多士時，可以按個人喜好，在表面塗上牛油或果醬，並可添加糖漿、蜂蜜或煉奶，也有人會塗上朱古力醬，某些茶餐廳亦有灑上阿華田[2]粉末和阿華田

註1：咖央，馬來語「kaya」，是一種東南亞常見的甜點材料，用上椰漿、鴨蛋或雞蛋、砂糖和牛油等材料隔水加熱撈勻做成。

註2：阿華田（英語：Ovaltine，德語：Ovomaltine）是瑞士溫德公司（Wander AG）出品的一種麥芽乳精飲品，成分包括糖、麥芽精華及乳清，後期加入可可粉，是一種在香港茶餐廳常見的飲料。名字原本為德文「Ovomaltine」，以拉丁文中的「蛋」（Ovum）和「麥芽」（Malt）起名，現時流通的名字「Ovaltine」，則是在英語系國家使用的版本。

脆脆的獨特吃法[3]，更有人喜歡配搭水果和雪糕。

我，喜歡配搭的是——

腐乳。

※

腐乳。

西多士配腐乳。

吃西多士，我喜歡配腐乳。

不過，可以滿足我的，絕非一般的腐乳。

必須是腐乳之王，超過一百年歷史的廖孖記腐乳[4]。

註 3：荃灣老字號嘉樂冰廳，首創「脆爆華田西多士」。

註 4：「廖孖記」是一家扎根香港超過一百年的品牌，由一對孖生兄弟廖仕忠及廖仕榮於 1905 年創立，最初是一家位處官涌街市的荳品店，售賣豆腐、豆花等食品，已薪火相傳已第四代，仍堅持使用傳統製作工藝，被尊稱為「腐乳王」。

※

基本上，我是一個人煎西多士，一個人吃西多士。

由於某種原因，我曾經兩個人一起吃，但已經是很久遠的事。

不過，我還是喜歡一個人吃，我覺得西多士應該是一個人吃的料理。

就像車仔麵、煲仔飯、燒鵝瀨粉、皮蛋瘦肉粥……都應該是一個人吃的料理。

至於理由何在，我也說不清楚。

※

自從一個人生活後，我的興趣，除了研究如何煎出不同金黃程度的西多士，我還要找出西多士的「最佳拍檔」！

為了生活，我繼續煎西多士；為了煎西多士，我繼續活下去。

只有從平底鍋熱騰騰冒起來的輕煙和香氣，是我仍然活著的證據。

西多士配搭不同的醬料和食材，則是每天喚醒我起床的最主要原因。

我嘗試了很多很多很多很多很多不同的醬料，包括余均益辣椒醬[5]。余均益辣椒醬，和乾炒牛河是絕配，跟煎蘿蔔糕和豉油皇炒麵，都是好伙伴。

不過，余均益辣椒醬配港式西多士，卻有點格格不入，未能夠達至水乳交融的效果。

吃熱狗時，可以用余均益辣椒醬代替黃芥末或茄汁，效果雖然不算太突出，一試無妨。

相反，將余均益辣椒醬塗在梳打餅上，卻有意外驚喜！非一般的味覺享受，誠意推介！

註 5：「余均益」是香港家喻戶曉的經典品牌，原味新鮮，酸、香、辣平衡，以全人手在香港製造，而且不落防腐劑，被譽為「香港第一辣椒醬」。創辦人余兆基於 1922 年來到香港，就在西營盤擔挑售賣自製的辣椒醬，其後在 1950 年開舖，朋友送了副對聯給他：「均匀調味成佳品，益食何須用美腴」，故此就將舖頭叫做「余均益」。

除了余均益辣椒醬，我亦嘗試了李派林喼汁[6]。

效果一般。

色澤黑褐、味道酸中帶甜、帶點辣勁的李派林喼汁，最適合的食物，果然是春卷和山竹牛肉。

除了李派林喼汁，我也嘗試了好立克[7]、葡萄適[8]和保衛爾牛肉汁[9]。

註6：喼汁，英名是「Worcestershire Sauce」，直譯為「伍斯特醬」，是味道酸辣的黑色醬汁，亦被稱為「英國黑醋」，在香港的官方名稱是「李派林喼汁」。由英國的藥劑師約翰李（John Wheeley Lea）和威廉派林（William Henry Perrins）在窩士打郡（Worcester，或譯為「伍斯特郡」）的郡府窩士打市內的工場製造，故此以這個地名命名，於1838年開始發售至今。

註7：「好立克」（英語：Horlicks）是一種以麥芽做成的熱飲，十八世紀中葉由英國人William Horlick和James Horlick兩兄弟研發而成，他們來自英格蘭西南的格洛斯特郡（Gloucestershire），在1873年於美國中西部

不太差。有點奇怪。欠缺了驚喜。

除了英國人留下來的味道，我當然嘗試了生抽、老抽、頭抽和蒸魚豉油。

失敗！大失敗！徹底失敗！失敗中的失敗！

我亦嘗試了蠔油、魚露、沙律醬、大紅浙醋、鎮江香醋、泰國甜辣醬……

跟我的想像有一大段距離。

芝加哥成立工廠，其後在 1908 年，隨著品牌發展基地才搬到英國。作為藥劑師的 James Horlick，原意是以好立克作為睡前飲用的助眠飲品，在香港卻一直是茶餐廳的熱飲選擇。

在香港，阿華田同為茶餐廳中飲品熱門選擇，有些茶餐廳還將之和好立克混合成為「小朋友鴛鴦」，讓小孩一嘗「鴛鴦」滋味。

註 8：「葡萄適」（英語：Lucozade）最早起源於英國格洛斯特郡（Gloucestershire），由葛蘭素史克公司（GlaxoSmithKline plc）負責生產，創立人是藥劑師英國藥劑師 William Walker Hunter。第一次在

1927 年誕生，以提供那些常見的疾病，如感冒或流感和生病的來源，成為整個英國醫院最佳使用的藥製品。起初名為「Glucozade」，於 1929 年改名為「Lucozade」，2013 年 9 月，售予日本三得利株式會社。因為成份有葡萄糖，故此名為「葡萄適」。現在是流行的能量飲料，常見的功效是提供由糖分造成的能量，提升耐力及表現能力。

註 9：「保衛爾牛肉汁」(Bovril Sauce)是一種深啡色膏狀物體，帶有濃烈味道，可以塗在麵包上、製作湯品、以及用沸水稀釋成為熱飲。

1870 年爆發的「普法戰爭」(Franco-Prussian War)期間，當時法國國王拿破崙三世(Napoleon III)為了給法國軍隊準備營養品，跟居住於加拿大的蘇格蘭人約翰莊士敦(John Lawson Johnston)簽約，莊士敦原本要為法國軍隊提供醃漬牛肉罐頭，但當時英國並沒有足夠牛肉供應，故此莊士敦發明了一重「液態牛肉」的濃縮湯品，其後改名為「保衛爾」(Bovril)，名稱取自拉丁文中的牛肉(bos)一詞。二十世紀的兩次世界大戰，「保衛爾」成為英軍的最佳營養品，戰後在亞太地區流行，香港的茶餐廳稱為「保衛爾牛肉茶」。

我還挑戰了肉鬆、脆花生、鹹酸菜、韓國泡菜、辣椒菜脯、潮州橄欖菜、甚至吃日式咖哩必備的「福神漬」[10]……

我為自己的勇氣鼓掌，但仍是不滿意。

直至我偶然在網上看見有人建議用腐乳配班戟！

我立即拿出那瓶金碧酒家懷舊龍躉宴抽獎環節的禮物——廖孖記腐乳。

廖孖記腐乳，我主要用來和椒絲一起炒通菜，偶然在網上找到「何老太食譜」後，還會嘗試製作腐乳炒飯和香酥腐乳雞翼。

不過，當我以廖孖記腐乳來搭配西多士時，竟然是——

註10：「福神漬」是日本的一種非發酵型漬物，以蘿蔔、茄子、紅刀豆、蓮藕、小黃瓜、紫蘇果實、香菇和白芝麻等七種蔬菜為原料，呼應日本傳統信仰中被認為會帶來福氣和財運的「七福神」（惠比壽、大黑天、毘沙門天、壽老人、福祿壽、辯才天、布袋），經醬油、砂糖和味醂混合的調味液浸泡製作而成。在日本，福神漬經常和咖喱飯一同食用。

驚喜！比驚喜更驚喜！

這正是我渴望的「水乳交融的效果」！

有人跟我說過，太陽蛋配西多士是「天使與魔鬼的混合體」。

那麼，用廖孖記腐乳來搭配西多士，就是終極邪惡的「兩大魔王的聯手」！

我終於找到港式西多士的「最佳拍檔」！

※

我和我的舊室友，絕對是「最佳拍檔」！

他很喜歡吃太陽蛋，所以大家都稱他為「太陽蛋」。

因為我喜歡吃西多士，他私底下會叫我「西多士」。

他喜歡吃太陽蛋的程度，近乎瘋狂！即使光顧馳名炒滑蛋的餐廳，例如「澳洲牛奶公司」，他也會堅持將炒滑蛋轉為太陽蛋。

更離譜的是，他吃菠蘿包，不是配牛油，而是配太陽蛋。但最離譜的是，他吃燒味四寶飯，不是配鹹蛋，當然也是配太陽蛋。

故此，我們一起吃西多士時，我會特別為他煎多一個漂亮的太陽蛋。

「如果西多士是魔鬼，太陽蛋就是天使。」

某次我在為他煎太陽蛋時，他靜悄悄的靠近我。

「當太陽蛋遇上西多士，就是天使與魔鬼的混合體。」

是他啟蒙了我，西多士可以有不同的配搭。

也是他告訴我，生而為人，可以有不同的選擇。

亦是他教曉我，為了屬於自己的選擇，必須努力爭取。

他當然有告訴我，爭取不一定會有成果！即使拼了命，也隨時會徒勞無功。

不過，我清楚記得他對我們最後的說話：即使一切只是徒然，也可以證明一件事。

我們曾經活著。

※

為了掌握煎西多士的秘訣，我閱讀了很多參考書，也翻看了不少網上短片。

我特別買了一個名牌不鏽鋼平底鍋，並跑遍了傳統市場和超級市場，搜集了各種名稱古怪的調味料，在書店找到了各式各樣麵包和雞蛋料理的專門書，我購買的白麵包相信足以鋪滿來往紅磡和銅鑼灣的海底隧道。

每次煎西多士，我只需要兩隻雞蛋和兩片白麵包，適量的牛奶和花生醬，以及一磚廖孖記原味腐乳。

先在一片白麵包上塗抹適量的花生醬，或果醬，然後將另一塊麵包蓋上，成為一份三文治，最後切去四邊麵包皮。

為什麼不選購已去皮的白麵包？

因為這些切掉的麵包皮是寶啊！

既可以用來作零食，亦可以沾蛋漿後再煎，比白麵包更硬、更脆、口感更佳。

當然，你也可以連麵包皮一起煎，這樣的話，西士多四邊的顏色會較深，不一樣的感覺。

將雞蛋拂勻後，加入適量的牛奶，淡奶也可以。形成蛋漿後，就可以將麵包浸在蛋漿裡。

西多士的秘訣，是「先二後四」。

先浸泡麵包的兩面，再浸泡麵包的四邊，過程大約五至八分鐘，直至麵包徹底吸滿了蛋漿。

做好準備功夫，熱鍋下油，然後放入吸滿了蛋漿的西多士，以中火半煎炸至麵包的兩面和四邊至金黃色。

記住，西多士的秘訣，是「先二後四」。

除了要煎好兩面，更重要是必須煎好四邊，這樣拍照才會漂亮。

進食前，將腐乳放在西多士上的一刻，必須屏除雜念，屏息以待，屏氣凝神……

等待時。看著腐乳在西多士上慢慢融化，充滿了儀式感，更有種莫名其妙的治癒感覺。

重生了！

我彷彿重生了！

和西多士一起重生了！

※

春、夏、秋、冬，我繼續在煎西多士。

那簡直就像是從上天將火種帶到人間的普羅米修斯（Prometheus），也似是不斷推著巨石上山的薛西弗斯（Sisyphus），亦好比死而復生變得瘋瘋癲癲並且四處流浪的戴奧尼索斯（Dionysus）。我繼續在煎西多士。

長時間一個人煎西多士和吃西多士，偶然會出現幻像。

某一天，我突然在房間裡看見——

黃夏蕙！

「夏蕙BB」黃夏蕙！

人稱「夏蕙姨」的黃夏蕙！

被譽為「西多士女神」的黃夏蕙！[11]

註11：茶餐廳術語，「黃夏蕙」代表西多士。西多士的傳統食法，就是淋上糖漿／糖膠，簡稱為「淋膠」，而黃夏蕙曾經和粵劇演員林蛟拍拖，所以「黃夏蕙」就成為了西多士的代名詞。

「你知道在哪裡可以吃到最好味的西多士？」

我不懂怎樣回答女神。

她也明白我仍未找到答案。

她對我燦爛一笑後，就不知道消失到什麼地方去了。

我還遇上不少「西多士的幽靈」！

那些白白被犧牲了的「西多士」……

肉碎西多士
鹹魚西多士
臘鴨髀西多士
沙田雞粥西多士
紅磡雞蛋仔西多士
元朗B仔涼粉西多士
聚興家紅燒乳鴿菠蘿生炒骨豉椒蟶子煎米粉西多士

我曾經嘗試將冰箱裡的剩菜殘羹，亂七八糟地用來製作西多士，做成連名字也沒有的悲劇性西多士們。

我為它們哀悼。

那些年的西多士。

※

三點二十一分，電話鈴響的時候，我差不多煎好西多士。

冬天的日光，照射著露台的小部分，如同一片黃金色的西多士。

起初聽起來，並不覺得是電話鈴聲，只像是在早已停止了的空氣中，不自覺地溜進來了不敢記起的記憶片段之類的東西。

鈴聲的旋律，是一首我和「太陽蛋」在街上不知唱了多少遍的歌曲。

熟悉的旋律，勾起了我和「太陽蛋」的回憶……

「在那間我們一齊食太陽蛋西多士的茶餐廳見！」

在煙霧瀰漫中，這是「太陽蛋」跟我說的最後一句話。

重複響了幾次後，我終於肯定這是百分之百真實的電話鈴聲，震動著百分之百現實空氣的百分之百的電話鈴聲。

我以空著的左手，伸手拿起舊款手機。

從來電顯示，我知道是她。

應該說一定是她。

因為只有她才會打電話給我。

在這個充滿回憶的下午，我在露台煎西多士的時候，毫無先兆地打電話給我。

她是「太陽蛋」的舊女友。

我一直稱呼她為「蛋撻」。

理由，大家應該猜到吧！

我們曾經定期見面，卻說不上是熟悉。不只是見面打招呼的程度，我們總算是一起經歷了很多考驗和挫折……

因為對未來的共同憧憬，使他倆在幾年前成為情侶。

但因為現實的殘酷，在幾個月後，他倆卻被拆散了。

※

「你在煎西多士？」她問。

「我在煎西多士。」我答。

「你一直在煎西多士？」她問。

「我一直在煎西多士。」我答。

「你沒有想過煎其他東西？」她問。

「我沒有想過煎其他東西。」我答。

「煎餃子？」她問。

「太複雜了。」我答。

「煎鍋貼？」她問。

「一樣的複雜。」我答。

「煎蘿蔔糕？」她問。

「太麻煩了。」我答。

「煎蔥油餅？」她問。

「不是一般的麻煩。」我答。

「煎釀三寶？」她問。

「比妳想像的更麻煩。」我答。

「你只會在煎西多士？」她問。

「我只會在煎西多士。」我答。

「真的沒有想過煎其他東西？」她問。

「現在我沒有空，西多士快要煎好了。」我答。

她沉默了一會兒。

「西多士，這是非常美妙的料理。」

手機，差點從我手上，滑落到露台的地板上。

「所以，請妳等一下再打來好嗎？」

我急忙補充一句。

「因為你正在煎西多士？」她說。

「我也準備好吃西多士。」我答。

「你一個人吃嗎？」

「對呀。」

她嘆了一口氣。

「我真的很傷腦筋……」

她再沉默了一會兒。

「你知道他去了哪裡？」

輪到我沉默了。

「你希望他去了哪裡？」

我繼續選擇沉默。

「你相信他去了哪裡？」

平底鍋上的西多士開始焦了。

「幫不上忙，很抱歉。」

「還有一件事兒。」

「嗯？」

「今天是孩子的生日。」

「恭喜。」

「他開始懂得叫『爸爸』了。」

「嗯。」

「他今早對著空氣，叫了聲『爸爸』。」

「嗯……」

「只是我仍然不知道他的『爸爸』去了哪裡？」

「我也不知道。」

「你真的不知道？」

「我真的不知道。」

「你可以對著西多士發誓？」

「我此刻正對著西多士發誓……」

平底鍋上的西多士已經完全焦了。

我仍然沒有熄火。

「對不起。」我重複地說：「我正在煎西多士。」

「你仍然在煎西多士？」

「我仍然在煎西多士。」

「待他回來後，我們一起來吃你煎的西多士。」

「再見。」我無力地回應。

「再見。」她卻充滿希望。

電話掛斷的時候，燒焦了的西多士，突然變成了灰燼。

灰。飛。煙。滅。

隨。風。飄。散。

想到這件不能讓白麵包得到重生的西多士，實在是悲哀。

※

或許我應該告訴她一切的，但現在後悔已經太遲。

或許她其實早已知道了一切，只是仍然假裝無知。

就像兩片老練的白麵包繼續浸沉在新鮮的雞漿裡……

反正「太陽蛋」也不是什麼了不起的男人，空有夢想，過於衝動，而且錯判了形勢。

而且，我真的不知道他去了哪裡。真的不知道。

不過，我相信，我選擇相信，他現在應該會比當年幸福、快樂。

比我吃西多士的時候更快樂！
比我吃西多士配廖孖記腐乳的時候更幸福、更快樂！
當我清潔已傷痕纍纍的平底鍋時，發現它在偷偷飲泣，發出「嗚…嗚…嗚…」的奇怪聲音……

※

那個平靜的下午，
我在看不清楚遠景的露台，
面對舊時，默默哀悼「西多士的幽靈」。

【那個下午，我在露台煎西多士】／完

第八章

準備好大吃一場

我是一個「城市記錄員」。

我打算用自己的方法，記錄這個城市的不同味道。

※

我不是什麼 food blogger，我也不是什麼 KOL。

我只是一個喜歡吃的普通人，一個好普通的香港人。

過去幾年，我選擇了躺平，無論發生任何事情，都令我提不起勁。

直至我在網上看見一段消息。

一則噩耗！

珍寶海鮮舫，竟然沈沒了！葬身大海了！[1]

當拖船將珍寶海鮮舫拖離香港時，持有這艘巨船的飲食集團曾向公眾「送上至誠的祝福，願明天更好」。

可惜，那個「明天」卻已沈沒在南海的海底。

更可惜，我從未踏足珍寶海鮮舫。

這裡是好多本地人和外地遊客打卡的聖地，包括英女王伊利沙伯二世、湯告魯斯等外國名人，都曾經慕名而來。

在這裡取景的電影多不勝數，包括：李小龍主演的《龍爭虎鬥》、《食神》、《無間道2》、《哥斯拉之世紀必殺陣》等。

當我在日本電影《信用欺詐師 JP：香港浪漫篇》看見這艘高三層、船長

註1：2022年6月14日，珍寶海鮮舫開始拖離香港，在南丫島鹿洲附近轉交遠洋拖船，至6月18日下午，駛至南海西沙群島附近水域時，突然遇上風浪，船身入水開始傾側，船方稱珍寶海鮮舫於6月19日全面人水沈沒於南海。

七十六米、在同一港口停泊了近半個世紀的海上食府，曾經有一刻衝動，打算找機會到這裡一遊。

但很可惜，我一直未有時間。

過往我在香港的時間不算多。

經常星期五放工後乘坐夜機飛往台灣或泰國，渡過一個愉快的周末，星期日乘坐最後一班夜機回港，星期一繼續準時上班。

我亦很熟悉「請假攻略」，經常自製長假期「返鄉下」——日本。

「制縣傳說」[2]網站上，共有「沒去過」、「通過（路過）」、「接地（休息、換車等）」、「訪問（遊玩過）」、「宿泊（住宿過）」和「住居（居住過）」六個選項，分成0至5的「制縣等級」，若然在日本47都道府縣都曾有過居住

註2：「JapanEx 制縣傳說」是2016年由日本網友開發的一款APP，將你曾去過的日本城市根據目的性變成分數，以測試你的日本旅遊指數。

網址：https://zhung.com.tw/japanex/

經驗，滿分是 235 分，即使是日本人也未必能夠拿到這個分數！若然你可以在每個都道府縣都曾住宿，就會拿到 188 分。至於我的分數，不算太高，剛剛超過 150 分。

我很久沒有「返鄉下」了……

大家都被困在這個城市裡……

※

要離開的，還有梁輝雄師傅！

一代粵菜大廚，海景嘉福洲際酒店中菜行政總廚，二零一一至二零一三年為海景軒取得米芝蓮一星評級的梁輝雄師傅，正式榮休！

為了歡送梁輝雄師傅，我某位朋友的朋友的朋友，在海景軒辦了一場飯局。我當時並不認識梁輝雄師傅，也未曾聽聞海景軒，更不清楚這裡曾經榮獲米芝蓮一星殊榮。我是在最後一刻被誘騙過來的。

因為我某位朋友的朋友的朋友突然確診，必須在家隔離（慶幸不用被送往竹篙灣）[3]，所以空了一個位置，所以由當時正在家裡躺平的我頂上。

我放慢了腳步，也在尖東海傍吹了一陣海風，所以是最後一個到達海景軒的獨立貴賓房，被安排坐在「起菜位」。

我看不見我那位朋友，原來突然確診的不是我那位朋友的朋友的朋友的朋友，而是我那位其實也算是太深交的朋友。

當晚的菜式很豐富！四款前菜、四寶元肚竹絲雞湯、香酥釀蟹蓋、京式烤米鴨、百花火鴨方、家鄉蛋皇肉、橙花脆皮雞、金獎欖菜玉珠、雞蛋焗魚腸、蝦子柚皮、

註 3：竹篙灣檢疫中心在 2020 年 7 月 16 日正式投入服務，提供設施予密切接觸者進行強制檢疫。自 2022 年 2 月起，香港疫情一度變得嚴峻，竹篙灣檢疫中心轉為竹篙灣社區隔離設施，接收低風險患者，特別悉心照顧「一老一幼」，減輕公立醫院的壓力。竹篙灣社區隔離設施共營運了 31 個月，單位數量由最初的 1 500 個增至近 10 000 個，佔地 100 萬平方米。竹篙灣社區隔離設施於 2023 年 3 月 1 日舉行關閉儀式。

黃金脆奶卷、香酥奶皇春卷、泮塘山渣卷、蛋白杏仁露。令人大開眼界，顛覆了我對粵菜的認知！

四款前菜，都是大有名堂，分別是：狀元茶果、鮮蝦鍋貼、宮廷鹹魚包、五糧液桂花蜂蜜叉燒。

過往我對茶果的印象，都是冷食的，但在海景軒，梁師傅卻將它變成熱食的狀元煎茶果，底層烤至焦脆，令茶果更香口，外皮煙韌卻軟腍，不像一般茶果好黏牙。餡料有豬肉、菜甫粒和韭菜，味道濃郁，熱食的茶果是另一個層界。

我是第一次吃鮮蝦鍋貼，真的一試難忘！鮮蝦爽滑彈牙，鍋貼炸得香脆，不油也不膩，鍋貼上有一小束芫茜和一小片金華火腿，既美觀，又有特色，更帶來清幽的香氣和誘惑的鹹香。借用我後來在網上找到的食評，「乾爽，彈牙，鮮甜」，這六個字，是最佳的形容詞。

宮廷鹹魚包很有趣，包身香脆中帶點鬆軟，包裡面有一絲絲鹹魚肉，借用我後來在網上找到的食評，「吃後有齒頰留香的感覺」，我終於明白什麼是「齒頰留香」！

五糧液桂花蜂蜜叉燒，叉燒三分肥七分瘦，雖然沒有燶邊，肉質卻軟腍鬆化，而且蜜味香甜，還帶點微微的酒香，跟過往我經常用來裹腹的燒味雙拼飯，完全是兩個世界！

四寶元肚湯，即是豬肚湯，但不是一般的豬肚湯，因為在洗乾淨的豬肚裡，釀了烏雞、蓮子、紅棗和糯米的「四寶」材料，有著名食家比喻為「元肚藏鳳」。經過燉煮，匯聚了材料精華的靚湯，好鮮甜，好香濃，但帶點胡椒味。最厲害是「肚中雞」裡塞滿了糯米，除了會來定形，糯米也吸收湯中精華，就像是一碗湯底醇厚的蓮子紅棗糯米飯，好滋補，好有益。我突然想起韓國的人參雞，跟這一鍋四寶元肚湯，可算是異曲同工，但我更愛梁師傅的足料靚湯！

香酥釀蟹蓋，令我想起去吃牛扒餐時，需要加錢的酥皮湯。根據我後來在網上找到的資料，這是先將蟹肉起出來，再放到蟹蓋裡焗，配料有椰絲和洋蔥絲，跟蟹肉配合得「絲絲入扣」，還有一陣清新的椰香，味道好，賣相亦很討好。

海景軒北京鴨，是梁師傅另一得意傑作！借用我後來在網上找到的食評，「海景軒的京式烤米鴨，放棄了肥膩，成就了肉香，酥脆的鴨皮連帶鴨肉，佐以六款配菜，蕎頭絲與柚子絲，更是出人意表的配搭，打破了大家對北京烤鴨，一向只配京蔥，青瓜絲的前設」。

這六款烤鴨配料，分別是：京蔥絲、青瓜絲、辣椒絲、蕎頭絲、柚子絲和菠蘿條，這個多元化的組合，令看似平平無奇的鴨肉，變得充滿無限可能性，好玩又好味，我食得好開心！久違了的開心！

更厲害的是海景軒的一鴨兩食！過往我們對一鴨兩食的認知，第二食多數是生菜包鴨鬆、七彩炒鴨絲、或是鴨殼炆苦瓜，但是在海景軒，卻是將鴨肉拆下來與蝦膠混合，再香炸而成「百花火鴨方」！

這個「百花火鴨方」，好睇又好食！表面香脆可口，內裡爽口彈牙，加上豐富的鴨肉，每一口都有烤鴨的精華，顛覆了我對北京烤鴨的認知！

家鄉蛋皇肉，是梁師傅的家鄉菜式。梁師傅原是南海西樵人，他曾經在訪問時笑言，這味菜在他家鄉做得很粗，但是來到海景軒，經他改良之後，變得精細考究。據說當年梁師傅是為配搭餐酒而設計此菜，先將鹹蛋黃釀入原條豬腩肉中，然後切件上碟，鹹蛋黃的風味和美酒相得益彰。這夜我們特別配了一枝我不認識的法國紅酒，真的好好味！

香橙玫瑰雞，皮薄香脆，雞肉嫩滑。滲了玫瑰花的醬汁，除了帶點清新的玫瑰芳香，亦有點酸甜的橙香，淡化了脆皮雞的油膩，借用一句老掉牙的讚美：「色香味俱全」。脆皮雞原來有這種食法，厲害！

金獎欖菜玉珠，是海景軒另一招牌菜，榮獲《2009年香港旅發局美食之最大賞—「素菜組」金獎》！梁師傅將冬瓜挖成像葡提子的小球狀，已經好厲害！釀入菜心和欖菜碎，然後蒸至腍身，再上亮麗的芡汁，同樣是好睇又好味，比厲害更厲害！

雞蛋焗魚腸，我過往是拒絕的！因為曾經在吃魚腸時有不愉快經驗，我不敢再吃魚腸。不知道是否在酒精的影響下，我竟然克服了心理障礙。魚腸洗得好乾淨，完全沒有腥臭味！雞蛋焗得好香，不會太乾，加點胡椒粉吊味，好惹味！

我是第一次吃柚皮！原來柚皮好有益，亦好矜貴，蝦子柚皮，製作工序繁複，不是一般地方可以食到，就算食到，也不一定會像海景軒的那麼大片，而且不帶半點澀味，還有好大量蝦子，難怪有食家讚賞蝦子柚皮足以媲美蠔皇鮑甫！

（我後來參與朋友組團到蟬聯米芝蓮一星的逸東軒朝聖時，就力排眾議堅持一定要吃柚皮！朋友為我點了花菇鵝掌扣柚皮，柚皮大大塊，炆得好入味，大家都有意外驚喜！）

三款特色甜品，分別是：黃金脆奶卷、香酥奶皇春卷、泮塘山渣卷。

炸鮮奶，大家應該不會陌生，但是梁師傅的黃金脆奶卷是另外一回事！賣相精緻，兩邊都可以清楚看見漂亮的橫切開，用方包片成薄片的外皮，再包上半凝固的北海道鮮奶，外皮炸得香脆鬆化，內裡的鮮奶好軟滑，而且有濃郁奶味，只略為甜了一點……

相比之下，山渣卷酸酸甜甜，感覺好新鮮。香酥奶皇春卷是另一招牌甜品，香脆的春卷包著香滑的奶黃，甜度適中，相比黃金脆奶卷，我更喜歡香酥奶皇春卷！好想吃多一條，但早已被大家一掃而空。

壓軸高潮，蛋白杏仁茶。梁師傅竟然出現在我的眼前，親自主理這一味招牌糖水！蛋白好均勻地完全融入了杏仁茶中，好好味啊！借用我後來在網上找到的食評，「好香、好甜、好幼滑」，這七個字，是最佳的形容詞。

我不知道從何而來的勇氣，竟然請求梁師傅和我合照。梁師傅爽快答應。我拿著這夜的餐單和梁師傅合照後，其他人都爭相和梁師傅拍照留念。

這個晚上，其實是帶點遺憾。

我們竟然沒有品嚐梁師傅的其他名菜，包括：網油腰肝卷、一品素香石榴球、又稱「生死戀」的銀雲星斑藏珍玉、以及榮獲《2012 年香港旅發局美食之最大賞—

「牛肉組」金獎》的水晶牛肋肉……

但我並沒有空手而回，因為梁師傅在餐單上簽名後送贈給我留念……

※

真正的噩耗，是蓮香樓突然宣佈結業！

「蓮香樓及蓮香棧於二零二二年八月八日正式結束營業。蓮香樓及蓮香棧均屬本集團之特許經營加盟商。上環蓮香居仍為各位提供傳統點心美食，歡迎蒞臨品茗。再次多謝大家多年以來對蓮香的支持。」[4]

比珍寶海鮮舫的「死亡」更突然！

好可惜，我從未踏足位於中環的蓮香樓！

註 4：香港蓮香集團飲食集團於 2022 年 8 月 9 日凌晨在其官方 Facebook 帳號宣佈。

更可惜，我完全不知道在荃灣有一間蓮香棧！

我不想繼續可惜，立即在周末奔往上環的蓮香居。

好開心，再次看見點心車！更開心，可以食到點心車上熱騰騰的點心！

棉花雞。鮮竹卷。鯪魚球。煎薄罉。煎腸粉。煎蘿蔔糕。煎釀青椒。乾蒸燒賣。（傳說中的）鮮豬膶燒賣。（同樣是傳說中的鵪鶉蛋燒賣卻售罄）茗茶每位十五元。全日免收加一。

在海景軒歡送梁師傅的飯局，令我重拾最大興趣，甚至是唯一樂趣。

在蓮香居一邊觀賞傳統的點心車，一邊飲茶食點心時，我突然做了一個決定。

我要成為一個「城市記錄員」。

我要用屬於自己的方法，記錄這個城市的不同味道。

※

吃。

不停的吃。

一有時間，我四出去吃。

吃有特色的食物。

吃快要消失的食物。

吃我未曾聽聞的食物。

吃可以代表香港的食物。

吃可以代表香港人的食物。

我想過參考「制縣傳說」，製作一個「制霸香港」的「美食地圖」。

但是這個想法仍然好初步，未見成熟，仍有好多問題需要解決。

吃吧！吃吧！吃吧！我先不用太煩惱，繼續在香港好好吃吧！

※

噩耗不斷，今次輪到位於旺角的富記粥品。

屹立旺角超過半世紀的富記粥品，突然宣佈光榮結業。

富記粥品服務旺角街坊多年，店名看似賣粥為主，但是除了招牌靚粥，同時以平民小菜和燒味馳名。根據網上資料，富記粥品由現任老闆何漢東的三叔公何富於一九四八年創業，起初在亞皆老街擺小販檔，其後搬到上海街舊舖，於一九九五年遷到花園街現址。

我是在富記光榮結業前的倒數兩天來幫襯。我放工後趕到富記，在店外排隊等待了近一小時，期間我在網上瀏覽有關富記的不同食評。

其中一篇由某位我定期關注的作家在其專頁發表，他可以一日打五餐邊爐，我對他的美食分享比他的小說更有興趣。

他剛巧在昨天和朋友一起來告別，吃了很多富記的招牌菜，包括：燒鵝上莊、肥叉燒拼切雞、花生雞腳豬心椗、蜆蚧滑雞煲、薑蔥腰膶煲、菜心炒及第、甜酸豆腐、富記小炒王、西檸排骨、椒鹽三鮮（魷魚、九肚魚、白飯魚）、狀元及第粥、咸蛋芥菜魚腩湯、乾炒牛河、楊州炒飯。

奇怪，竟然沒有富記馳名的滷水生腸？

按照網上的介紹，富記的滷水生腸，爽口美味，不是一般的生腸，而是選用大生腸，沒有染上橙色，好睇又好味！重點是配蔥油，並非配黃芥末醬，別有一番風味！

我被安排入座，需要跟別人搭枱。

令人想起不到的是，我竟然是跟這個作家搭枱。

他今晚和朋友喝著不知道第幾瓶冰凍啤酒，我看到他們點了花生雞腳豬心椗、燒鵝下莊、菜心炒腰膶、還有——

油浸筍殼！

按照網上的介紹，油浸筍殼，肉厚，嫩滑，少骨，甜美，魚頭炸得好爽脆，配味道豐富的特製蒸魚豉油，人間極味！

多數人以為清蒸筍殼最能品嚐到筍殼的鮮嫩滋味，傳統的做法卻是油浸，只是近年好多餐廳已經改為將筍殼直接炸製，而非油浸慢煮而成，但仍可以夠保持肉質鮮嫩。

我點了滷水生腸、薑葱及第煲、芥菜魚腩湯和白飯後，偷聽他們的對話，原來這個作家昨晚吃不到滷水生腸和油浸筍殼，充滿遺憾，所以埋單時向老闆預訂了這兩味菜式，今晚「食過返尋味」。

因為他今晚有位朋友未能同行，空出來的位置，先給了一位富記的熟客，她吃飽離開後，就輪到我了。

作家可能發現我對油浸筍殼很好奇，突然問我：

「有興趣吃一口？」

「可以嗎？」我猶疑了一會，有點不好意思。

「來吧！一齊食，更好味！施比受更為有福！」

我道謝後，拿起筷子，夾起一片已沾了蒸魚豉油筍殼魚肉，恭敬地放入口裡，驚訝真的好好味！果然是人間極品！

因為這碟美味的油浸筍殼，我跟作家開始交流，他跟我（也包括他的朋友）分享了很多有關美食的知識和經驗。

他告訴我，除了清蒸和油浸（或炸）筍殼，他最愛的是用筍殼來煮湯，吃完魚肉，再用魚湯打邊爐，先配貝類和蝦（特別是赤米蝦），再配豬腰、豬膶、豬粉腸等內臟，有人會涮肥牛，他卻首選牛腱，再加一點蔬菜和豆腐，最後用精華所在的濃湯來泡飯，完美！過去他在疫情期間結業的油麻地煊記，就是用這個獨特的方法品嚐筍殼，可惜已無以為繼……

他還告訴我，富記的乾炒牛河，雖然比其他地方更有水準，卻並非他在富記的首選！

他笑說來到富記，識食一定叫濕炒牛河，或是腰膶炒河，但他首選的竟然是我聞所未聞的魚片炒河！

在他眼中，魚片炒河比乾炒牛河更有趣、更有特色、也更好味！重點是那個秘製茨汁，以及大量炒芽菜。他再三強調，識食一定加兩元配辣醬和黃芥末，這樣才是真真正正的「色香味俱全」！

最後，作家不只點了魚片炒河（當然有加錢配辣醬和黃芥末），還點了燒鵝粥。「在富記光榮結業前，可以再一次吃到油浸筍殼、滷水生腸和燒鵝粥，已經沒有遺憾了！」

這個晚上，我可算是充滿驚喜！不只認識了這位有趣的作家，他還邀請我參加在陸羽茶室舉行的懷舊菜晚宴。

※

陸羽茶室，香港著名的富豪飯堂，我竟然有機會在這裡品嚐高質素的懷舊菜，實在令人難以置信！

陸羽是香港數一數二的古老茶室，按照網上的資料，一九三三年由錢莊東主助手馬超萬和經營酒樓的李熾南創業，選址中環永吉街六號，業主在一九七五年收回單位後，一九七六年遷至士丹利街的現址，門口的招牌正是由舊址沿用至今，店內的酸枝花梨傢私，大部分都是來自舊舖，保留了昔日風格。

陸羽茶室內古色古香，掛有不少字畫墨寶，二樓放置了中國茶聖陸羽的雕像。二樓上三樓的樓梯間，掛著王雪濤的十二尺意筆牡丹《千嬌萬態》，三樓則有張大千、王君璧、王亭之等大師的真跡，還有一座由貝殼造成的大鳳凰屏風，都是不可錯過的打卡位。茶室內的其他擺設，包括：櫃台、屏風、吊扇、鐘、花瓶、算盤等，都是古色古香，見證歷史。

我沿正門旁邊的樓梯，慢慢上到三樓，就看見作家和他的朋友們。今晚作家穿上其畫家朋友為他特別繪製的「陸羽 Tee」，親切地安排我入座。

我被安排跟作家坐在同一枱。我拿起枱上的特製菜譜，燙金紅卡印上黑字：黑字寫了今晚的菜式：鳳肝金錢雞、燉杏汁白肺湯、原隻蝦多士、菠蘿咕嚕肉、沙律煙鷹鯧魚、官燕鷓鴣粥、脆皮糯米雞、蟹肉片兒麵、棗泥雪酥餃、香滑芝麻卷、蓮蓉西米布甸。

按照網上的資料，我今晚原來一口氣吃了「在米芝蓮推薦陸羽茶室必點的五道經典粵菜」，實在太令人興奮了！

這個晚上，我減輕了作家的重擔，在他需要簡介這五道菜式的時候，我代他讀出網上的資料，讓他可以專心享用美食。

「蝦多士：一頓飯美妙的開場。陸羽的版本以蝦蓉為餡，而切成蝴蝶狀的蝦隻放在一片薄薄的切邊方包上，再油炸至金黃。那層厚厚的蝦蓉令口感倍增，吃時最好蘸些餐廳自製的甜酸醬，更覺美味。」

「杏汁白肺湯：這道名菜準備工夫極多，是其中一道最費工的湯品。豬肺要徹底洗淨，切成大大一件後，加到傳統湯盅中和最上等的杏汁一起燉煮。內臟軟身可口，湯品味道豐富又香滑，令人胃口大開，身體亦倍感溫暖。」

「咕嚕肉：陸羽做的咕嚕肉出類拔萃，水準在行內數一數二。把梅頭肉切成適口大小，加上炸漿並炸至金黃香脆。甜酸汁加入了山楂製作。炸好的豬肉和醃子薑、青椒和菠蘿一起加入熱鑊中快炒，熱騰騰上桌。甜酸汁美妙地掛在豬肉香脆表面，中心的肉則保持軟嫩多汁。」

「脆皮糯米雞：餐廳在脆皮炸雞中加入糯米作餡，令這道傳統菜式更上一層樓。

做法是全雞先去骨，雞腔塞滿糯米，再加到熱油中炸至外皮變得金黃有光澤。奉客時才在餐桌旁切開，糯米又香又軟，雞隻外皮香脆，肉卻仍然多汁，很適合一大班人一起享用。」

「蟹肉片兒麵：這道麵食是另一道陸羽保存得極好的傳統菜餚。雲吞皮炸至香脆，再在味道濃厚的湯中慢慢烹煮，讓味道都進到煮至稔軟的麵片中。加入新鮮蟹肉和時令蔬菜一起享用最是滋味。不論你只是幾個人或是一席人，這道麵食都可以在午餐和晚餐時點叫得到。」

實在太有趣！而且好好味！我不懂得怎樣形容……我只知道，再一次令我大開眼界！再一次顛覆了我對粵菜的認知！

臨別時，作家再次向我發出邀請！這次在金碧舉行的「懷舊菜＋龍躉宴」，但我當晚有工作，重要的工作，只好忍痛拒絕。

過了一段時間，當我跨區「制霸」了幾間有歷史、有故事、有意思的食店，為我的「美食地圖」增添不同色彩後，我看見作家在其專頁公佈將會在金碧酒家舉行一場別開生面的「懷舊菜＋讀劇夜宴」，立即第一時間報名和付款！

※

按照網上的資料，金碧酒家由阮氏一家經營，一九四三年，阮秋於牛池灣開業，當時名為「秋記酒樓」。彩虹邨建成後，於一九六四年遷入邨內的金碧樓，故此易名為「金碧酒樓」，至今裝潢仍然保留六、七十年代特色。

這次夜宴好特別，結合了「戲劇＋飲食＋互動」的三大元素，作家將超過半世紀歷史的金碧酒家變成「情景劇場」，讓超過一百名參與者（包括我）擁有不一樣的沉浸式體驗！

開席前，大家一起吃著金龜嘜萬里脆花生看讀劇演出！這夜演出的故事名為《餐桌上的戰爭》，是作家新書裡其中一個以金碧酒家為背景的短篇故事，他和一眾演員，合力為現場觀眾帶來視覺、聽覺和味覺的衝擊！

這夜的懷舊菜式呼應劇情，包括：酥炸蟹拑、錦滷雲吞、杏汁白肺湯、魚腸蒸蛋、蠔豉生菜包、豉汁蒸蟠龍鱔、八寶鴨和金華玉樹雞，尾單是窩蛋牛肉飯，糖水則是南瓜西米露。各款菜式的材料和典故，在讀劇時都已詳盡介紹，參與者（包括我）除了可以品嚐美食，更可以溫故知新，加深對香港飲食文化的了解，作家說這正是他創作「飲食文學」的使命！

作家再三強調，來到金碧，必食錦鹵雲吞和魚腸蒸蛋！錦鹵雲吞，大大塊雲吞皮，大大碟甜酸汁，好足料，又好好味！魚腸蒸蛋，不是一般地方可以食到，就算食到，也不一定會像金碧的那麼好味！魚腸洗得好乾淨，沒有腥味，雞蛋蒸得好滑，加一點特製豉油，我認為比海景軒的雞蛋焗魚腸更好味！

這夜非常熱鬧，大家都飲飽食醉，盡興而歸。壓軸高潮的大抽獎，獎品是不同的「回憶中的香港味道」，除了金龜嘜萬里脆花生，還有余均益辣椒醬、廖孖記腐乳、李派林喼汁、以及李錦記舊裝蠔油，作家說是呼應新書的內容同時，重點是文化傳承。

這個晚上，我比過往的飯局更滿足！因為我在大抽獎時，和另一位以「西多士」為代號的憂鬱男子，一同抽中了廖孖記腐乳！

※

有喜訊，當然也有噩耗，今次輪到位於深水埗的星河餐廳。

在大南街開業二十多年，提供早午茶餐、特色鐵板扒餐、晚飯中式套餐等，但最有名的是經典焗豬扒飯

把握最後機會，留下美好回憶。我點了焗豬扒飯套餐，餐湯可以選擇羅宋湯或忌廉湯，我點了羅宋湯，略嫌味道太淡，需要加胡椒粉。餐飲加三元點了凍檸茶。

焗豬扒飯上枱時仍冒着煙，有溫度，也有好味道！醬汁酸酸甜甜，有洋蔥和蕃茄塊，好醒胃，亦好有質感！豬扒不算厚身，帶點焦燶，已切成條狀，方便進食。

最吸引我的是雞蛋炒飯底，之前網上有人投訴太濕，我今次食到的卻是炒得乾身，卻也不會太硬，好好味！豬扒、洋蔥和蕃茄，跟炒飯梅花間竹的吃着，有層次感，也有節奏感，好好味！

雖然帶點遺憾，也算是滿足的一餐。埋單時，我和老闆娘道別，跟她講了一聲「有緣再見」。期望真的有緣再見。

※

並非每一次都可以如願以償，就像我錯過了金碧酒家的龍躉宴。

在長沙灣開業五十多年的集蘭冰室，突然宣佈「光榮結業」！

「集蘭冰室屹立青山道悠悠五十三載，經歷數十個春夏秋冬見證香港由工業發展蓬勃演變為繁榮國際金融中心；看著日月星辰輪替慢慢與街坊建立濃濃情意，一切盡在不言中。冰室亦秉持初心用心製作食物回饋顧客的厚愛，記錄對每位顧客的溫情暖意傳遞美好。

「鑒於環境大變遷及其他不可預期因素（導致經營困難），冰室做出艱難決定，將於二零二三年六月三十日光榮結業，與一眾街坊老友及熟客告別。集蘭冰室再次感謝各方友好多年來對冰室的支持與關愛，相信天下無不散之筵席，集蘭的味道若能記憶在大家腦海中，那已經是最好的回憶。

「最後，祝君安好！」[5]

遺憾我一直沒有時間。沒有想辦法騰出時間。

遺憾！

註 5：集蘭冰室於 2023 年 6 月 27 日在其官方 Facebook 帳號宣佈。

同樣遺憾的，還有位於土瓜灣的文青餐廳 URBAN SPACE 都市空間、位於灣仔的 Burger Home、位於觀塘的人氣星馬菜拿督星馬大飯店、位於銅鑼灣的老字號上海菜館美味廚、位於東頭邨的西園茶餐廳、位於元朗的池記食家、位於灣仔的來佬餐館、位於旺角的佳人餐廳、位於九龍塘的六合小館、位於九龍城的南記飯店、位於西營盤的源記甜品專家……

※

吃，是我的最大興趣，甚至是唯一樂趣。

雖然生活中有不少遺憾，但我也遇見了好多新朋友。

除了那個有趣的作家，我還認識了一位自稱「代吃服務員」的忙碌男人、一位辭退大學的工作接手經營火鍋店的「打邊爐教授」、一位喜歡吃西多士配廖孖記腐乳的憂鬱男人、一位打算用美食改變前男友移民決定的美女基金經理、一對創立了「吃喝玩樂研究所」的俊男美女……

在這個既熟悉又陌生的城市，我現在只會專心做一件事。

不只要吃得飽，也要吃得好，更要吃得有意義！
我，已經，準備好，大吃一場。
你呢？同樣是留下來的你。你也準備好嗎？
準備好一起以美食「制霸香港」？

【準備好大吃一場】/完

尾聲

其他香港熱帶氣旋名字的建議

自二零零零年開始，「颱風委員會」[1]使用一套由區內十四個成員提供具地方特色名字的名單，為西北太平洋及南海的熱帶氣旋命名，當中包括香港提供的十個名字。

當一個熱帶氣旋因為造成重大人命傷亡和經濟損失而被颱風委員會要求除名，提供該名字的成員將會提交替補名字給颱風委員會考慮。

適逢二零二三年是香港天文台成立一百四十周年，香港天文台希望透過舉辦是次「熱帶氣旋名字徵集活動」，選出更多合適及具香港特色的名字，擴大香港的熱

註1：「颱風委員會」是聯合國亞洲及太平洋經濟社會委員會及世界氣象組織轄下組織，現時共有十四個成員，分別為柬埔寨、中國、朝鮮、香港、日本、老撾、中國澳門、馬來西亞、非律賓、韓國、新加坡、泰國、越南及美國。

帶氣旋名字「候補名單」，並且藉此提高香港市民對熱帶氣旋相關災害的警覺性及認識。

除了「具有香港特色」，其他要求還有「容易發音」、「不能包含歧視、具爭議性或不恰當的字眼或意思」、不在現時或過往的熱帶氣旋名單內，包括颱風委員會及其他熱帶氣旋地區的名單」、以及「不能包含商業元素」。

經過認真思考後，我想到「銀針粉」。

我某位製片朋友，他發現有一間茶餐廳的早餐很有趣，竟然可以吃到「雜菌肉碎湯銀針粉」……

我也想到「蛇羹」。

我某位多年來致力研究香港文化的義工友好，每年都會跟社區飲食文化考察團的團友去深水埗吃蛇宴……

我也想到「炸蟹鉗」。

我某位喜歡懷舊菜式的前輩，每次幫襯歷史悠久的金碧酒家，一定會選擇他最愛的酥炸蟹鉗……

我也想到「車仔麵」。

我某位和女朋友一起成立「吃喝玩樂研究所」的後輩，就設計了一款以「香港味道」為主題，以「車仔麵」來命名的遊戲……

我也想到「點心」。

我某位小學同學的母親，就是在現時香港少數仍有點心車的倫敦大酒樓擔任點心阿姐……

我也想到「打邊爐」。

我某位大學時代的教授，突然放棄了大學的教席，以畢生積蓄接手了一間準備結業的火鍋店……

我也想到「西多士」和「腐乳」。

我某位選擇遠離鬧市的中學同學，現時每天都在露台煎西多士，但他吃西多士不是配牛油、糖漿或果醬，而是廖孖記腐乳……

我也想到「珍寶海鮮舫」。

我某位網友自稱「城市記錄員」後，個人頭像是曾經被譽為「世界上最大的海上食府」的「珍寶海鮮舫」的黑白舊照片……

實在有太多選擇！實在有太多具備香港特色的美食！香港味道實在充滿了太多

我們意想不到的可能性！

結果，在是次「熱帶氣旋名字徵集活動」的限期前，我也未能決定其他比「芫荽」對我更有意義的好建議……

【全文完】

附錄

何老太食譜

附錄一　腐乳炒飯

材料：

隔夜白飯2碗、雞蛋2隻、乾葱頭3粒（去衣切粒）、榨菜粒3湯匙、洋葱半隻（切粗粒）、新鮮葱2棵（切粒）。

調味料：

腐乳2至3磚、花雕酒或紹酒2湯匙。

製作步驟：

1. 用花雕酒把腐乳調勻成腐乳醬，備用。
2. 先將一隻雞蛋拂勻，下油鑊，煎成蛋粒或蛋塊，備用。

3. 燒熱鑊下油，先爆香乾葱粒。
4. 再爆洋葱粒，然後輪到榨菜粒。
5. 加入腐乳醬，炒至聞到香味。
6. 加入白飯，用力將飯粒猜鬆，炒至白飯全部沾上腐乳醬及其他材料。
7. 加入其餘1隻雞蛋，炒至腐乳飯粒均勻裹上金黃蛋汁，米粒分明爽口。
8. 加入葱粒和蛋粒／蛋塊。
9. 炒勻即可上碟。
10. 配何老太愛心秘製 XO 辣椒醬，效果更佳！

何老太貼士：

1. 如果想吃到濃郁的腐乳味，可增加腐乳的份量。
2. 不可直接把腐乳放入鑊炒，因為腐乳不容易調勻，而且容易黏底和炒燶。
3. 先把一隻蛋煎成蛋粒／蛋塊，再加入與飯同炒，可以增加腐乳飯的質感。
4. 把腐乳與榨菜同炒，會令炒飯更有口感、更好味。

附錄二　香酥腐乳雞翼

材料：

雞翼12隻，麪粉3湯匙，生油1茶匙。

醃料：

腐乳2至3磚、紹興酒2湯匙、薑汁2茶匙、砂糖2茶匙、生抽1茶匙、生粉1茶匙、胡椒粉1茶匙。

製作步驟：

1. 將雞翼解凍，沖洗乾淨，抹乾水份。
2. 用鐵針或竹簽在雞翼刺針，令雞翼容易入味。
3. 用2茶匙薑汁，1湯匙紹興酒及胡椒粉拌勻雞翼。
4. 將南乳放入大碗中，加入1湯匙紹興酒調勻成糊狀。加入2茶匙砂糖，1茶匙生抽及1茶匙生粉調勻。再加入雞翼拌勻醃3至4小時。

5. 將醃好的雞翼，隔去多餘的汁料。放入食物密實袋，加入生油 1 茶匙拌勻，再加入 3 湯匙麪粉，搖動食物袋，使雞翼沾滿麪粉。
6. 燒熱油，放入雞翼，以中火炸至金黃色熟透，最後開大火迫走油份，上碟，熄火。

何老太貼士：

1. 如果擔心油炸太熱氣，可以用半煎炸和焗的方法，同樣惹味。
2. 以一大塊南乳代替腐乳，其他材料、醃料和做法一樣，可以做出另一種風味的雞翼。

後記

感謝大家的支持！《回憶中的香港味道》反應理想，《回憶中的香港味道2》再接再厲！

《回憶中的香港味道》系列，是我為了香港而創作的「飲食文學」，也是屬於你和我的故事。

《回憶中的香港味道》記錄了移民潮下的眾生相，《回憶中的香港味道2》就是嘗試探討留下來的人如何好好生活。

《回憶中的香港味道2》的創作過程非常有趣，有很多意想不到的奇遇，讓這個「飲食文學」系列衍生出更多可能性。

感謝金碧酒家負責人強哥和貞姐的信任和支持，2023年5月23日，在我已開始寫作新書的不同故事時，舉行了一場以「回憶中的香港味道」為名的「金碧懷舊菜＋讀劇夜宴」，結合「戲劇＋飲食＋互動」的三大元素，將接近六十年歷史的金碧酒家變成「情景劇場」，為超過一百名參與者帶來不一樣的用餐及觀劇體驗，更重要是讓我夢想成真！

一直以來，在香港發展舞台劇的最大困難，是缺乏合適的演出場地，我的故事多數以飲食文化為主題，不少更是發生在食店裡，多年來不斷思考以食店作為演出場地。早在《打邊爐》卷一出版後，已曾籌備在火鍋店內演出其中一個故事，嘗試讓觀眾不只是安坐於座位上，而是在跟演員的互動中，變成「打住邊爐睇舞台劇」的「參與者」，可惜因為種種原因而未能成事，想不到竟然可以在金碧酒家展開了一場「餐桌上的戰爭」！

起初打算在金碧酒家讀劇的故事，是卷一的【移民前的最後 100 餐】，一來已有完整故事，而且只需要一男一女兩個演員，較符合成本效應，但既然能夠在金碧酒家演出，為什麼不創作一個以金碧酒家為舞台的新故事呢？正因如此，我開始構思一場起初暫名【金碧輝煌】的家族矛盾，某夜突然暴走考慮改名為【金碧 Fight 王】，但在第一次於金碧酒家排練後的某個中午，通宵寫作後一覺醒來，就決定命名為【餐桌上的戰爭】！

【餐桌上的戰爭】這個故事名稱，靈感明顯是來自《機動戰士高達 0080：口袋中的戰爭》。誠然，《回憶中的香港味道 2》的幾個故事，名稱都是取材自我喜歡的中外作品：【第一個半天的應援】是來自中學時讀過的茅盾短篇小說《第一個半天的工作》、【From London with Love】是來自經典 007 電影《鐵金剛勇破間諜網》（From Russia with Love）、【人生就是不斷的打邊爐！】是來自九把刀的《人生就是不停的戰鬥》、【那個下午，我在露台煎西多士】是來自達明一派的舊曲《那個下午，我在舊居燒信》、【準備好大吃一場】則是來自江國香織榮獲第 130 屆直木賞的小說集《準備好大哭一場》。

對我來說，《回憶中的香港味道 2》不只是一本小說，而是將會開發出不同新項目的一系列藍圖！舞台劇《餐桌上的戰爭》為大家帶來視覺、聽覺、甚至味覺的衝擊後，其他故事都會逐一被改編，除了籌備中的電影、劇集和舞台劇，【正呀喂！香港味道好鑽鬼！】裡提及的不同遊戲，正積極尋找合作伙伴……

※

《回憶中的香港味道 2》的內容，在創作過程中不斷變動，大家手上的這個版本，跟起初的構思相距甚遠！

第一個完成的【銅鑼灣愛情故事】，因為風格不合而棄用。在卷一已構思好的「電車派對」，本來應該在卷二登場，但在限期前仍未來得及動筆。【人生就是不斷的打邊爐】裡的「打邊爐教授」，本來是出現在【序幕】和【尾聲】，但他為了研發出薪火相傳的打邊爐湯底而走訪香港不同食店，又怎可能在一二千字內完成？延續「四人夜話」的模式，就演變成全書最長的一章，也可以視為《打邊爐》系列的番外篇！

牽一髮而動全身，【序幕】和【尾聲】為此一再改動。我曾經考慮改為一間每逢星期三派飯給低下階層的茶餐廳，但偶然發現香港天文台的「熱帶氣旋名字徵集活動」，覺得更有意思，結果變成了符合主題，記錄當下的兩個短篇。

【餐桌上的戰爭】可算是一波多折！現時大家看到的小說版本，是建基於排練後修改的劇本第二稿，已完成了的小說初稿，和【銅鑼灣愛情故事】一起被棄用，但不排除有可能變成於以其他餐廳為舞台的「矛盾戰爭」。

【準備好大吃一場】原本是卷一【代吃服務員的美好一天】的延續，起初暫名【代吃服務員的糟糕一天】，但覺得「城市記錄員」比「代吃服務員」更有趣、更合理、也更符合主題，故此新增了這個曾經躺平但因為「香港味道」而重新振作的角色。

【正呀喂！香港味道好饡鬼！】結合了卷一的【轟轟烈烈的美味情緣】和【弊傢伙！生日蛋糕唔見咗！】，慕容老師今次帶領安妮、達利等學生參加課活動，愛德華和瑪莉亞就成立了「吃喝玩樂研究所」，不同角色都各有成長，我已留下了伏線，期待他們在卷三繼續活躍！

在我的構思中，本來有一個故事，是卷一【美食是我們的最好朋友】的延續，那對「飲食男女」輾轉發展出一段「飯局情緣」，但因為重疊了【續・移民前的最後100餐】的部份情節，只好忍痛割愛。

今次我繼續嘗試不同的寫作方式，卷一有一個關於NFT的故事，卷二就有一個關於AI的故事，而且是「人扮村上春樹AI」。

【那個下午，我在露台煎西多士】是以村上春樹的短篇【義大利麵之年】作為藍本，以「西多士」作為關鍵詞，以達明一派《那個下午，我在舊居燒信》為主題，寫出一個「人扮村上春樹AI」模式的奇情故事。這是一次很好玩的寫作實驗，希望大家會喜歡，而且明白我在寫什麼。

【From London with Love】是一場比【餐桌上的戰爭】更大規模和野心、更複雜也更好玩的「餐桌上的戰爭」！多年前已有腹稿，這不是一般的「情景劇場」，也不只是「沉浸式演出」。在香港書展完結後，我將會閉關寫作完整劇本，大家請拭目以待！

【第一個半天的應援】是最後一個成形的故事。為了填補「飯局情緣」的空缺而煩惱時，某夜觀看電影優先場前夕，跟友好閒談時突然靈光一閃！這可算是真人真事改編，起初打算透過不同的「應援」來介紹「香港味道」，其後卻補充了開鏡拜神儀式的知識，重點是令人回味無窮的「燒豬三文治」！

這一卷本來有幾篇附錄，但都已經融入了故事裡。徇眾要求，我分享了大家好有興趣的「何老太食譜」。大家請一起為何老太鼓掌！

※

感謝陳明老師的精美封面！感謝讓《回憶中的香港味道2》順利出版的每一位朋友，以及每一位購買了這本小說的讀者，是大家和我一同翻開香港「飲食文學」的新一頁！

歡迎大家提出更多《回憶中的香港味道》系列的提議！我們在《回憶中的香港味道3》再見！而在《回憶中的香港味道3》出版前，將會有更多不同類型的「餐桌上的戰爭」，希望到時候能夠為大家帶來更多有關「香港味道」的嶄新體驗！

何故

2023年6月，端午節後。

回憶中的香港味道 2

系　　列：飲食文學
作　　者：何故
出　　版：一品文創
編　　輯：莉莉絲
美術設計：此時此刻製作公司
承　　印：新設計印刷有限公司
香港發行：一代匯集
地　　址：九龍旺角塘尾道 64 號龍駒企業大廈 10 樓 B & D 室
電　　話：(852) 2783-8102
傳　　真：(852) 2396-0050
市場策劃：SONIC BUSINESS STRATERY COMPANY
電　　話：(852) 5702-3624
出版日期：2023 年 7 月初版
定　　價：港幣 108 元正 / 新台幣 320 元正
國際書號：978-988-16661-4-7
圖書分類：(1) 流行文學 (2) 飲食文化